生活因阅读而精彩

生活因阅读而精彩

古保祥／著

时光里，有我奔跑的青春

中国华侨出版社

图书在版编目(CIP)数据

天下美文.校园卷:时光里,有我奔跑的青春/古保祥著.
—北京:中国华侨出版社,2014.10 （2021.4重印）

ISBN 978-7-5113-4962-0

Ⅰ.①天… Ⅱ.①古… Ⅲ.①散文集–中国–当代
Ⅳ.①I267

中国版本图书馆 CIP 数据核字(2014)第242851号

天下美文校园卷:时光里,有我奔跑的青春

著　　者	古保祥
责任编辑	文　喆
责任校对	高晓华
经　　销	新华书店
开　　本	787 毫米×1092 毫米　1/16　印张/17　字数/212 千字
印　　刷	三河市嵩川印刷有限公司
版　　次	2014年11月第1版　2021年4月第2次印刷
书　　号	ISBN 978-7-5113-4962-0
定　　价	48.00 元

中国华侨出版社　北京市朝阳区静安里 26 号通成达大厦 3 层　邮编:100028
法律顾问:陈鹰律师事务所
编辑部:(010)64443056　　64443979
发行部:(010)64443051　　传真:(010)64439708
网址:www.oveaschin.com
E-mail:oveaschin@sina.com

序

从小就喜欢在风里奔跑，不敢轻易停下自己的脚步，因为奔跑才是人生的常态。

夏天炎热，蝉鸣清幽，在这样优雅的环境里，整个童年时光荏苒而过，洗去一身铅华。

曾经无数次认真地审视镜子中的自己，圆圆的脸、俏皮的眉，不落纤尘，像莲像藕，出淤泥而不染，我为何被否定，为何阴影满身，原来全是自己的事情。跑出户外，站在阳光下面，不落窠臼地大声呼喊，这是与世俗抗争的信念，更是与时光争宠的理由。

阳光无所顾忌，依然故我，这是一种个性，我没有，许多人都没有。

擦去了眼角的泪水，尽情地笑，笑也属于阳光的一种，许多人不太会笑，笑是自信的代言人，不经历坎坷的笑，多么酸痛，你学会了笑，阳光不会。

阳光还有态度，一朵阳光的态度十分明了，任凭岁月变迁，阳光依然是阳光，依然穿越重重迷雾，寻求真理；每个人都有态度，写在脸上，心里，用语言表达出来，用爱表达出来，你以前不会，现在懂了，你要做，不是原地踏步；

阳光也是一种语言，是太阳的语言，说出去的话，斩钉截铁，说话算话；

人有思想，比阳光灵活，人学会了随机应变，阳光不会，只知道施予他人，顾及他人，杀灭病菌，还世间一个清世太平；

阳光更是一种爱的表达，刻意又如何？这世间有许多爱明明就是装出来的，但仍然可以感动红尘中男女热泪盈眶，阳光也是，播撒万载，只不过为了博得你的红尘一笑，万千个你，竞相美言，就是一个春秋鼎盛。

花了一个上午时光，与一朵时光争宠，你学会了阳光的优点，摒弃了不属于自己的谎言。

原来，在无尽的时光里，有我奔跑不息的青春步伐，只要生命不止，奋斗就不息，这便是属于你我的大义与大爱。

目 录
CONTENTS

第一辑
为每一朵花开鼓掌

为每一朵花开鼓掌	003
十七岁的蝴蝶结	005
雪人的来信	008
那一年的馒头会流泪	010
头发开花	012
煤黑色的往事	015
十六岁的白床单	018
留长发的男孩子	020
坏孩子的老师	022

送你一个自暴自弃的过程　　　　　　024

鲁北北，我一直欠你一个吻　　　　　027

送你一场烟花般美丽的初恋　　　　　031

保持通话　　　　　　　　　　　　　034

天使送给我们一颗美丽的雀斑　　　　038

会摔倒的天使　　　　　　　　　　　041

鸡蛋开花　　　　　　　　　　　　　044

你生来是别人的天使　　　　　　　　047

天使的药方　　　　　　　　　　　　049

受伤的葡萄　　　　　　　　　　　　052

橡皮开花　　　　　　　　　　　　　054

天使路过流年　　　　　　　　　　　057

第二辑
温暖的心愿

那只会漏的水壶	065
宽容是种简单的爱	067
他使我成了天使	069
一步一爱一天涯	071
我就是爸爸的腿	076
一千次赞扬	079
微微善,涌泉回	081
错误是逝水年华里的关键词	084
台下没有一个人	089
我和青青走丢的青春岁月	091
十二月的凌楚楚	098
青水瓷,水青瓷	105

最美的感恩节礼物	108
栀子花开呀开	111
送你一块巧克力	114
花前月下的淡蓝色绮梦	116
温暖的心愿	118
十一岁的红舞鞋	120
爱上一尾美人鱼	123
十六岁少女的胭脂夏天	133
这一场马不停蹄的青春赛事	137
茫茫尘世的温暖手掌	146
初恋的阳光会拐弯	151
有一种活法，叫风骨	154
那一场厉兵秣马的暗恋时光	157

第三辑
总有一种青春让你泪流满面

丁丁猫与当当鼠的快乐生活	163
张开天使的翅膀飞翔	170
君士坦丁堡的自动回复	172
那道被隐藏的伤口	177
一盒饭，一辈子	180
拿烟斗的男孩	182
八岁的玫瑰花	186
天使妈妈	189
关于一枚苹果的前世今生	192
被黎芊芊左右过的花样年华	198
关于一首情诗的前世今生	204
我爱你，老师	211

最后的哺乳	214
道一万次歉	218
大一号的尊严	221
新德里的烟花往事	224
荷兰中学,开一门叫"友情"的必修课	230
捐赠也是一种责任	232
莫斯科的校园吉他手	234
如果你不曾到过春天	236
可以自己选老师的学校	238
让一座山为孩子们让路	240
一个人与雾霾的斗争	242
人生的紧要关头	245
那一场虚无缥缈的鸡零狗碎	247
回报一次支离破碎的善良	250
每个坏男孩都是天使	253
适度热爱	256
点绛唇	258

第一辑

为每一朵花开鼓掌

孩子的生命里开满了花，有些花开放得早，有些花正在含苞欲放，有些花正藏在娇嫩的蓓蕾里生长，而每一朵花开，都需要鼓励、表扬甚至于掌声。有时候，掌声不是一种恣意，而是一种肯定，更是一种激励，比批评更有价值，更有意想不到的力量。

为每一朵花开鼓掌

有一次，我应邀给一个外国孩子讲中文，时间是一年，他的家长给了我不菲的报酬。

我非常用功地教，但山姆却懒惰的很，每次上课时总是心神不宁地望着窗外，好像外面树上的小鸟会讲中文似的。

我"气不打一处来"，便用中文教训他，让他知道青春的易逝，时间的宝贵，你不仅是在浪费自己的时间，同时，也浪费了老师的青春。

苦口婆心地教，一年下来，这孩子考试时，竟然只考了60分，一些很简单的中文对话，他竟然"驴唇不对马嘴"地乱答，这如何向他家人交代呀，我不知如何是好，想着如何跟山姆的父母解释，想着他们是否或者会从自己的工资中扣掉一部分。

晚上我去他家时，他父母正坐在那里看山姆的试卷，见我进来，急忙起身迎接。

我以为他们会勃然大怒的，没想到，他们却感谢我一年来对山姆的悉心照顾和辛勤教育，他们说我很敬业，他们喜欢与我打交道。

谈到山姆的考分时，他的父母竟然站了起来，很正式地说要来个庆贺仪式，然后屋子里掌声响起，他们竟然在为山姆所取得的成绩骄傲。

003

我的天哪，这是什么逻辑论调，我不敢相信自己的眼睛，这若是在中国，孩子的父母一定会对孩子大骂出口，大打出手，或者对老师"横挑鼻子竖挑眼"，保准让你瞬间"体无完肤"。

而他们，竟然以这样一种独特的方式来对山姆进行教育，他们鼓励让我留下来，继续为山姆做家教。

我问山姆，"你父母骂你了吗?"山姆回答："没有，父亲说我考的分虽然低，但这已经很不容易了，他鼓励我说，让我第二年能够考到70分。"

那晚，我翻《世界近代教育》，封面的一句话引起了我的注意：面对孩子，请为他们的每一朵花开鼓掌。

孩子的潜力需要慢慢发掘，循循善诱才能水到渠成的，在这期间，他们需要鼓励，需要表扬，需要坦诚地交流和沟通，而在中国，这些重任全部压到了老师的身上，所有的家长几乎只关心考分问题。

其实，孩子的生命里长满了花，有些花开放得早，有些花正在含苞欲放，有些花正藏在娇嫩的蓓蕾里生长，而每一朵花开，都需要鼓励、表扬甚至于掌声。

有时候，掌声不是一种怂恿，而是一种肯定，更是一种激励，他比批评更有价值，更有意想不到的力量。

十七岁的蝴蝶结

那是一个阳光明媚的星期天,我打着遮阳伞,去邻近火车站的几家百货公司闲逛,除了打发时光外,我的主要目的是想为母亲买一束精美的玫瑰花,母亲说父亲一辈子从未给她送过花,这也成了她这辈子唯一的遗憾,父亲去世后,再无人能够完成此项任务,我的口袋里,揣着这个月的零花钱,它们的价值刚好等于玫瑰花的价值。

在"罗伯特百货公司"门口,我站住了脚步,罗伯特是这家公司的老板,同时是这个城市有名的音乐演奏师,他的钱多得很,并且听说还没有女朋友,在同学们中间,人们都以能跟罗伯特吃饭为荣,这自然也是这家百货公司吸引我的主要原因,我试想着,也许我在店里可以看见罗伯特,因为,我好像在哪个地方见过他的背影,所以,好奇感使我径直走进了那家百货公司。

店里没几个人,一个老太婆正坐在阳光下晒太阳,她好像没有注意到我已经踏进了她家的百货公司,我没有出声,不知为什么,也许想寻找罗伯特的影子罢了,我不想让这个老太婆破坏我理想的美梦。

我挑选好了几束玫瑰花,我计算了一下,口袋里的钱已经所剩无几,它也许只够我在外面的小摊上买一个冰淇淋吃了。

就在我准备结账时,我却突然发现,在精美的蓝色背景下,柜台上躺着一支精美的红色蝴蝶结,它是如此的高雅,瞬间便吸引了我的全部神经,不由自主的，周围又没有人，我走近了它，并且身不由己地拿了起来，然后戴在自己的头上，这太幸福了，鬼使神差地，我照着镜子，我原先的一些碎发正好被整理起来了，原来盖住的幼稚和年轻顷刻间消失得无影无踪，我甚至看到了自己好像一个天使在召唤着人间的幸福。

一种大胆的念头使我的私欲膨胀起来，我手里拿着玫瑰花的钱，给了那老太婆后，便跑了出去，我紧走了几步后，发觉身后有人在追我，扭头一看，天哪，那个肥胖的老太婆，她跑得气喘吁吁的，并且很快来到我的身后，她一把抓住了我的肩膀，并且上气不接下气地呼唤我，我想着，肯定东窗事发了，我便想挣脱她的纠缠，三十六计走为上吧，慌忙中，我头上蝴蝶结掉在地上。

而我在挣脱了老太婆的纠缠后，才发现这个令人伤心的秘密，因为自己的头发失去了控制，但本来不是自己的东西，我想着丢了算了，好歹今天没有失去尊严，她肯定是发现了我的秘密。

我接着向前跑，在中心广场前，我竟然听见了琴声，罗伯特正坐在城市的广场上弹着心爱的单曲，他的周围吸引了许多追随着，包括我的许多学友们，我不由地停下脚步张望，罗伯特竟然发现了我，他停下演奏，过来与我握手，他说："我见过你，也听过你唱的歌，你们学校我去过，你是学校里的骄傲。"我的天哪，罗伯特竟然这样夸奖我，他还在自己的音乐带上签了名，并且送给我一盒。

我都不知道北在什么地方了，心里甭提多高兴啦，我甚至忘记了危险的存在，身后的老太婆抓住了我的衣服，我脸色大变，便想继续逃走。

"我好不容易追上了你，你太粗枝大叶了，作为罗伯特的朋友，你应该拥有良好的素质才行，可是，你却丢三落四的，你不仅多付了我玫瑰花的钱，而且还丢了自己心爱的蝴蝶结,这只红色的蝴蝶结,我记得我们店里也有的,戴在你的头上,真的好看得很,还给你吧,你最好马上戴上,然后与罗伯特留个影。"

我心里像揣着个小兔子,不知这位老太婆的初衷是为什么,但我还是胆战心惊地接过了零钱和蝴蝶结,然后将蝴蝶结戴在头上。

我与罗伯特留了影,罗伯特邀请我明天上午去他的店里喝茶,并且要与我一起谈论音乐的真谛,我点了点头,心想着也算一次幸运吧。

晚上,我躺在床上睡不着,他们没发现我的秘密吗?也许他们是在考验我,或者说是在捉弄我,他们已经发现了我的坏主意,明天也许是个不好过的一天吧,他们会当众揭穿我的阴谋,那时候,我会很丢人的。

第二天上午,我还是去了,戴着那枚精致的蝴蝶结,我坐在他们店后的客厅里,喝着香浓的中国茶,罗伯特叫那老太婆母亲,我才知晓,他们是母子关系,而事前,我无从知晓。

整个宴会在愉快的氛围中进行着,我们吃了饭,然后谈音乐,他甚至鼓励我参加市里下个月的钢琴大赛,因为他是那里的评委之一,他说他愿意做我的启蒙老师,相信我会成功的。

我兴奋极了,直到离开时,我来到了原先摆放蝴蝶结的橱窗前,在那里,一枚新的红蝴蝶结又摆在那里,闪耀着理性的光辉。

后来,我与罗伯特一家成了好朋友,直到罗伯特因癌症去世,他和他的母亲一直隐藏了这个秘密,他们的理解让我感动,并且让我发誓做一个堂堂正正的女孩子,我会用一生的愧疚来换取他们的原谅,我相信:他们是天底下最好的人。

雪人的来信

她是个命苦的女孩，母亲生她时死了，而她，从小就身体不好，父亲到处求医，几乎花光了家里所有的钱，后来治好了，一只胳膊却不能动，只能用另一只胳膊来装饰自己残缺不全的梦。

她渴望学习，也曾想着拥有一个美好的未来，但现实残酷得很，她不能像其他同学那样背着书包上学堂，她害怕被人鄙视的眼神，所以，她只好待在家里，看一些旧时的小画书，里面装满了清纯的梦想。

下雪了，雪大得出奇，父亲约她一起堆雪人玩，她高兴得不得了，在父亲的帮助下，他们堆了一个雪白纯洁的雪人，父亲还给他装上鼻子、嘴巴和耳朵，远远地一看，好像家中的守护神，父亲说雪人是有灵性的，只要有什么心愿，如果说给他听，就能实现自己的梦。

她记住了，晚上父亲出去时，她便在一张纸条上给雪人写信，她在信中说：她渴望有一天能够上学，这是自己的梦想，你能帮我实现吗？我等着你的回信，末尾，她还写上了自己的姓名和地址。

写完了，她将信塞到了雪人的嘴巴里，然后偎依着温暖的火炉睡着了。

第二天一早，她就赶紧起床去看雪人，她看见雪人的嘴巴里红红的，仔细一看，原来是一张贺卡，打开来，上面写着：我是雪人天使，只要有梦，就总会有实现的那一天，小姑娘，只要你用心，你的梦想会实现的。

她大声欢呼着，对刚刚起床的父亲说："雪人来信了，还给我送来了新年贺卡。"父亲也与她手舞足蹈地欢笑着，她继续说，"我还要给雪人写信，我要问他更多的问题。"

晚上，她又在信里写道：雪人天使，我的命太不好了，小朋友们说我是个废物，说我会一事无成的，我听了很伤心的。

第二天早上，她又看到了雪人嘴里的红色，又是一张贺卡，上面写着：只要拥有一颗健康的心，你就能实现自己的理想，最重要的是，你要相信自己。

就这样，在雪人化掉之前，她与雪人通了7天的信，雪人来信也很及时，她欢快地笑着。

那一天，父亲送给她一只花书包，父亲说："雪人天使说了，要让你上学，父亲不敢违背，所以，决定送你去学校。"

她背着花书包，拉着父亲的手，开始追逐自己的理想。

30年过去了，她凭着自己的刻苦和努力成了一位名作家，她的父亲也因操劳过度，永远地离开了她，在父亲临死前，她终于明白了关于雪人的故事，她知道，是父亲用一个善意的谎言编织了一个女孩纯洁如雪的梦想，这个梦想会点亮她的一生。

那一年的馒头会流泪

我上小学三年级时，自仗着家里有俩臭钱，因此，我时常欺负班里比我穷的男生女生，渐渐地，我快要成了班里的小霸王，那时候，我拉帮结派的，慢慢地笼络了一批亲信在身边，同学们说我从小就有组织方面的才能，我自诩也是如此，因此，凡是哪个男生女生不愿意与我站在一起的，必定成为我们攻击的目标。

那一年的夏天，从外地转学来一个新生，他的名字奇怪得很，叫贵生，我以为他家里很富裕，可见他穿的普通得很，一副穷酸样，后来才知道，他的母亲为了使他的出生能够为家里带来好的财运，便给他起了个名字叫贵生，其实是一种精神寄托而已。

我派人接触他，并且使他能够成为我的部下，但他却生硬得很，既不吃软也不吃硬，一时间让我无可奈何于他，后来，干脆将他孤立起来，等待时机报复他的不配合。

我每次见同学们去食堂打饭时，他却一个人消失得无影踪，后来，一个同学告诉我，这小子准是有其他伎俩，于是我命令他们跟踪他，后来才发现，他一个人蹲在一个偏僻的角落里吃着什么，他的动作很隐蔽，使跟踪的同学无法确定目标。

我断定他一定做了见不得人的事情，要不然，为什么不敢正大光明地在教室里吃饭，再说了，同学们都是打了饭然后进教室进餐，独这小子搞特殊化。

我领了一大帮的人，到了他吃饭的地方，原来在离厕所不远的地方，我哈哈大笑，问他："贵生同学，你家里给你捎了什么好吃的东西呀？"他赶紧将食品收进一个大口袋里，说："没，没什么。"

"没什么？"我吼道，"一定是好东西，拿出来让哥们儿品尝一下。"他不肯，我一个猛子窜了上去，一把抓住了口袋，然后将口袋甩了出去。

我的天哪，滚了一地的馒头和咸菜，其中还有一小块，应该是贵生刚才吃剩下的，我愣了，不知所措地看着满地的馒头。

贵生哭了起来，一边哭着一边跑着去捡馒头，"我家穷，我害怕同学们瞧不起我，所以，我才在这儿吃母亲送来的馒头，这可是我一个月的粮食呀。"

几乎不约而同地，一双双手伸了过来，他们很快捡起了馒头，只剩下自高自大的我在风中忏悔。

我想过向他道歉，但碍于我在班里的地位和男子汉的尊严，我犹豫了好些次都未能如愿，我想着等将来有机会了，再向他赔不是，但我发现他更加内向和郁闷了。

这成了我终生的遗憾，因为在我有一天请假时，他随着他的母亲改嫁到了外省，他是哭着离开的，临走时给我们丢下了他母亲蒸的馒头。

那些馒头，我留了一个，我时常会想起许多年前，那一只只会流泪的馒头，他们在叙述着一种后悔和凄凉，从那时起，我也学会了如何做一个堂堂正正、真诚善良的人。

头发开花

小时候，曾听母亲讲过头发开花的事，我惊奇地问她，头发也会开花吗？它也会结果吗？母亲微笑着说道：不是的，头发如果分了岔，就算是头发开了花，并不是因为接受了阳光和雨露。我似懂非懂地点点头，母亲的故事也随着我长大，直到我20岁那年，才对头发开花有了另外一层理解。

那年我师范毕业，一个人高马大的小伙子，偏偏被校长安排进了小学，当三年级的班主任，虽然有些义愤填膺，但人在江湖，身不由己的思想还是使我选择了委曲求全。

在那个不起眼的角落里，我时常会发现一双惊恐的眼睛，她从不敢抬头看我的脸，她总喜欢坐在某个角落里不停地低头做自己想做的事情，当然，这样造成的结果就是成绩一塌糊涂。班上同学做游戏时，我瞅了一圈的人，数了数，好像还差一个，但怎么也想不起那个人会是她，当时，她正一个人坐在自己的领地里，一脸的木讷和内敛。

从以前老师的嘴里得知，她简直就是一块朽木，渐渐地，许多老师就遗忘了她的存在，好像她的座位成了世外桃源和"三不管"地带，同学们也懒得理她，集体活动时也不叫她。

春天时，有一天上课，我忽然闻到了一阵奇特的芳香，那应该是梨花的香味吧，这种味道曾在我的记忆里不止一次地闪现过，小时候，我经常躲在梨树上，看一树一树梨花开，然后跑回家时，我的袖子里、脖领里尽是梨花的香味，我高兴地对母亲说："我将春天带到了家里。"

这样的味道，竟然出现了教室里，课间休息时，我像一只春天的幽灵，在教室里逡巡着寻找香味的源头，原来我以为是窗外有梨树，但到窗下时，窗外只开了一种花瓣极小的六瓣花，它是决然不会产生了如此摄人魂魄的味道的。

终于，当我的目光停留在她身上时，我像一只鸟儿，找到了可以停息的枝头，我惊奇地发现在她的头发上，竟然开着一朵一朵的梨花，这些香味就是从她的头发上飘出来的，我走向她，她赶紧低下头，手里面忙不迭地收拾着桌上的残局。

她以为我会批评她，但我却是冲着梨花来的，我问她："你喜欢梨花吗？"她黝黑的脸竟然泛起了像彩霞一样的红晕，她吞吞吐吐着回答我，半天我也没有听清她的话语，我最后对她说，"感谢你将春天带到了教室里。"

从那天起，我开始注意她，她逐渐变得懂事和听话起来，原来不敢在人面前说话的她有时候居然站到了人群里喋喋不休起来，上课时，我也会煞有介事地点到她的名字，她通常是不会回答我提出的问题，虽然我尽量提一些已经学过的知识。

许多年后，已经人近中年依然自命不凡的我竟然收到了一封来自远方的信笺，信里画了一树的梨花，正在纷纷地开放，肆无忌惮的张扬，信是那个女孩写来的，她现在已经在某所大学里深造，她在信中告诉我：老师，我愿意种上一树一树的梨花，让这梨花洒满人间。

那一刻，我听到阳光落地的声音。

我忽然想到了那个头发上开着梨花的女孩，想到了世间的理解和关注，许多时候，面对孩子们，我们缺乏的正是孩子所需要的，忽视和冷漠是一支利箭，剥夺了人原有的抗争力和憧憬，他们都是有潜力的，只是缺少理解的阳光和关怀的雨露。

我坚信，只要这世间有了爱，头发上也照样可以开出一整个春天的花。

煤黑色的往事

那一年夏天,我闪亮的眸子里掠进一个男孩子黑黑矮矮的身影,当时,我正坐在教室的最后排轻数着自己手里的鲜花,抬头看时,我看到了他的目光,他是新生,叫夏明月,是从外省来借读的,具体情况无人知晓,他给我的最初印象便是穷酸,一脸的黑,一身的黑,只有微笑时,那两排洁白的牙齿证明他的身上还有着一种洁白。

我仿佛在哪里见过他的影子,但无论如何都想不起来了,直到周末的一天下午,我到父亲的煤场去时,才发现似曾相识的背影竟然是他,那时,他正同一帮小孩子一起,在扬起的煤灰中钻来钻去,捡拾一些尚未烧透的焦炭,从那洁白的牙齿上,我找到了记忆里的印记和现实的相吻合,我叫住他,对他说:"你这样子太危险了。"开始时他没认出我,后来一脸尴尬的样子,好像他的身世大白于天下后的无奈和沧桑,我对他说:"我告诉你一个更好的位置,这里人多,况且效果不好。"

我拉着他煤黑色一样的手,我的手上瞬间沾满了他的羞涩和焦虑,我是那种心地善良的女孩子,尤其是对男生,我知道他的故事一定有着与我不同的色彩,所以,从见面的那天起,我就想染黑自己的双手,同他一道奔赴磨难,挑战贫寒。

我拉着他到了后山,那里,没有人管理,所以,他轻而易举地便拾到了原本需要几天才能捡到的焦炭,临走时,他一脸的木讷,最后他说声谢谢,同时还告诉我,希望我能够为他守住这份秘密。

从那天起,我就时时刻刻注意这个特别的男孩子,他课堂上很积极,总是能够预测出今天的讲课内容,所以,我慢慢地由怜悯转成了崇拜,或者说对他刮目相看。

但那天,有人在课间时议论起夏明月的故事来,说他是和母亲一起逃难过来的,好像是父亲跟别人跑了,反正是可怜得很,同学们说什么的都有,但话中之意是他们瞧不起他,在同学们的眼里,他只是个乡间的野草,无论怎么成长,也不会开出缤纷的花,结出成功的果。

那个年代的孩子是如此的无知,如此的不懂包容和理解,他们不知道所有人的灵魂都是平等的,没有身份的差别和等级之分,有的同学在课间无意中伤害了他的感情,那天,我看到他伤心地趴在桌子上,两肩剧烈地耸动着,他的身上,他的课本上浸满了伤心的泪水,当我知道事情的经过时,我怒不可遏地警告那些无中生有的人,我说:"你们不要以为你们都是些春天的花,你们不努力,照样可以结出烂果子来,人人都是一棵草,只要是草,就会结出花来。"

我的话起到了至关重要的调和作用,他抬起泪眼,将一丝善良和感动交给我的目光。

三个月后的一天,我又到父亲的碳场时,在后山的一个位置上,我看到了一个保安正在抓捕一个年过五旬的老太太,老人头发花白,浑身散落着煤一样的黑和灰,正在他们僵持不下时,我看到夏明月像疯了似的从后面跑了出来,他抓住保安的手,无论如何不让他抓老人的手,我以为他是在展现英雄主义,心中不禁敬佩起来。

保安可不管他那一套,硬是要按照厂规办事情,他被保安像包袱一样扔在地上，他的牙齿瞬间染成了血红，我也上前与保安理论，正在理论间，一辆小轿车停在附近，我一下子看到了救星，那是父亲的车，父亲下车时，我迎了上去，看到我，他一脸的不高兴，我走上前，对父亲说："爸，这件事情怨我，是我告诉他们这里的位置碳多的，他们是没有责任的。"

夏明月的目光里闪烁着疑惑和忧虑，当他终于得知可以回家的消息时，他竟然没有说一声谢谢，便拉着老人的手消失在人群里。

后来，我才知道，那个白发苍苍的年迈老人竟然是他的母亲，当时以及后来，我没有想那么多的后果，只是觉得自己做了一件自己应该做的事情，满以为这件事情能够增进我们之间的交流和沟通。

但事实却是如此尴尬，第二天上午，他来得很迟，进了教室，他收拾了自己简单的书包和行李，说是要离开学校，我伤心地站起身来，准备随着他一起出去问他事情的经过，但老师却示意我们不要出去，他只是随着老师来到了校长室，办理完简单的手续后，他只是将一种眼神丢在我的目光里，然后便是咫尺天涯。

时隔半年后，我竟然收到了他来自四川乡下的一封信，信里面夹着几棵茅针，他说，茅针是茅草的花，无论多么卑微的草，他们都是会开花的，他感谢我的理解和安慰，他说他会用一生一世记住我的恩情的，他说他和母亲现在寄宿在舅舅家里，他正在努力地学习着，他说相信有一天，自己这棵乡下的草会开出一整个春天的花，到那时，他会让母亲过上太平的日子，富贵的生活。

此时此刻，我又想到了那个黑黑矮矮的男孩子，我想着，他的努力正在印证着他的价值，他的奋斗一定会实现自己崇高的理想，往事虽然煤黑，但有一种情却至高无上，它像明月一样皎洁，天长地久，永远无法忘怀。

夏明月像一滴泪，闪烁在我心中最柔软也最温暖的角落里。

十六岁的白床单

16岁那年的夏天,他感觉自己的身体在发生翻天覆地的变化,他甚至听到了自己拔节的声音,他的喉结开始突出,嘴角有一些绒毛以万夫莫挡之势占据了脸上至关重要的位置。

这还不说,开始有一些莫名其妙的想法在脑海里呈现,他开始多愁善感,开始注视自己的一言一行,总会有一些人不请自来地跑进他的梦里来。

其中来的最多的,当是自己的班主任余老师,她挺拔的身材呈现着温柔的曲线,使他的心会随着她23年绽放的芳华忽上忽下地荡漾着。

一天清晨,余老师忽然走进了他的梦里,他紧紧地握住她的手,然后,他感觉身体的某个部位一热……

醒来时,他知道自己做了傻事,如果这件事情传出去,自己还有何脸面在班里面混下去,余老师知道了会怎么想,自己居然爱上了老师,如果父母知道了,还不把自己打死。

为了掩盖罪行,他没有起床,因为一旦从床上起来,他白床单上的秘密便会大白于天下,那么,这则故事便会以刘翔110米栏的速度风靡整个校园。

同学们都起来了,马上到了点名的时间,他谎称有病不能起床,让同学们替他向余老师请个假,有的同学过来摸他的额头,说:"你小子有心事吧,头凉凉的，没烧呀。"他们哪里知道，他是想趁着同学们外出的机会，将自己的罪证毁灭在洗衣间里。

有人将他生病的消息报告给了余老师，余老师从教室过来看他，她坐在他的床边，用手摸他的额头，他的呼吸紧张到了极点，差一点就要崩溃了，他本能地死死地拽住自己的床单，他害怕余老师看到那不堪入目的一幕，她好像感觉到了什么，回身对同学们说道："大家快回去吧，这位同学确实有病了，我们让他休息一下好吗？"

真的要感谢余老师给他下的台阶，他三步并作两步扯了床单跑到洗衣间里，三下五除二地，他将自己邪恶的根源消灭在萌芽状态，他发誓不会再做出这种傻事了。

过了几天，学校请了一位专家来给他们讲青春期知识，专家说道："青春期来临时，小伙子们会对异性产生朦胧的情感，这不是什么见不得人的事，相反地，这说明你们的心理和生理都是正常的。"

过了许多年后，已经为人夫为人父的他才从同学那里听说了后面发生的故事，那位专家原来是余老师的男朋友，她的善意，安抚了一颗焦急不定的心。

他真的感谢在自己16岁那年，遇到了一位善解人意的好老师，正是她的理解和宽容，才使得他16岁的白床单上一片冰清玉洁，而不是乌渍斑斑。

有些经历，不是所有人都会有这样的好结果，而有些爱，我们必须用心去记一辈子。

留长发的男孩子

在一个偶然的时机里,全班的同学们发现一个奇怪的现状:一向嘲笑男孩子留长发的彼得居然也留了长发,不仅如此,他在班里开始向大家讲解自己的新潮观点:男孩子留长发可以树立坚韧不拔的性格,可以让男孩子特立独行,并且很容易赢得女孩子的青睐。

许多同学们围着他的长发品头论足。虽然有无数同学们对他嗤之以鼻,虽然父母亲对他下了最后的通牒,但是,他还是宁愿背负着众叛亲离的骂名,他坚持将留长发进行到底。

体育课上,体育老师看到彼得在男孩子中间打篮球,他毅然下了命令:女孩子不可以与男孩子一起打篮球。彼得想解释自己是留着长发的男性公民,但体育老师严厉的目光拒绝了他的央求,他选择了后退。

曾经有一段时间里,他成了全校嘲笑的焦点,许多同学们对他指手画脚的,说他是败坏社会公德。

彼得躲在寝室里用眼泪描绘心情,他曾经一度想过剪掉长发,还自己原来的青春时尚,但有一条信念始终在催促着自己不要改变初衷。

彼得的头发延伸到了 30 公分,远远望去,他简直成了班里最美丽的花朵,使得许多女孩子望尘莫及。

彼得以超人的毅力坚持着自己的信念，只是查尔老师每逢周末下课时总会将他拽到办公室里开"小灶"，许多同学们断言：老师一定是在劝慰彼得，扔掉那令人讨厌的"刺猬"头。

半年时间过去了，彼得的头发已经涨至 50 公分，如水的长发，让许多女孩子艳羡。

但彼得于某个傍晚时分，突然剪掉了自己那一头如水的长发，当他以全新的面貌出现在大家面前时，人群中一阵沸腾，大家纷纷猜测，彼得还是禁不住长发的折腾和周围同学亲人们的劝告，他只是一时心血来潮。

但同学们并不知道，隔壁班里有一个染了病的女孩子失去了她的秀发，她刚刚从一个募集处得到的通知，有人捐赠了一袭长发，笑容又一次绽放在她年轻的脸庞上。

原来，彼得与查尔老师为了帮助隔壁班的女孩子有一头如水的长发，他们共同编织了一个属于青春和爱心的故事。

坏孩子的老师

谭一德老师站在我们面前，伪装着不苟言笑的样子，但娃娃似的脸依然让我们开心。我们这群坏孩子，被校长硬生生地塞给了谭老师，而另外一名老师，由于与校长的特殊关系，挑三拣四地将所有学习好的学生弄进了他的班级里。

所有的人替谭老师捏着一把汗，因为如果我们期末时拿不出像样的成绩来，他就会面临末位淘汰的危险。

坏孩子终归是坏孩子，一阵心疼过后，便开始考虑自己如何玩得开心，玩得热闹了。

谭老师列出了课程表后，大家大吃一惊：上午是学习课程，下午竟然都是玩的课程，而且每天都不一样，比如说周一下午是荡秋千，周二下午是打篮球，且下面的标注中竟然这样写着：下午属于流动课程，可以进行更改。

我的天呀，我们大跌眼镜地、胆战心惊地参加了他的第一堂玩耍课程，结果却让我们开心无比，他将语文中的常识编排到了玩耍过程中，让大家在荡秋千的过程中，增加了学习兴趣。

从那天起，我一发不可收拾地爱上了语文课。

接下来的表演更令许多人不敢想象，他竟然将班里许多同学的兴趣爱好列了出来，比如有许多人爱好打篮球，他将他们编进了校篮球队，有许多人爱音乐，他则教他们识谱练曲子，我爱好写作，这是与生俱来的，只是缺少一种好的沟通与历练而已，他则给了我许多杂志的联系方式，让我投稿，不要怕退稿，还煞有介事地将一大堆邮票送给我算做鼓励。

我的写作生涯竟然以这样的方式开始了，但半年时间后，我竟然拿到了第一笔稿费，成为整个乡里的佼佼者。

有了这样的成绩，谭老师足以在老师面前吐气扬眉了，但他却对他们的褒奖一概不理，他甚至拒绝校长的请客。

坏孩子的老师足够坏吧，他将讲课地点搬到了田野里，让我们与泥土一块儿听讲。

期末的学习成绩，我们班依然最差，但我们班却出了几个与众不同的人，有两个爱打篮球的男生进了县篮球队，有一个喜爱音乐的女孩子参加了市里的音乐大赛，还拿了个三等奖。

对谭老师不知道该是奖励还是惩罚，校长紧锁双眉，最后在我们这一群学生的吵闹声中，谭老师留了下来。

20年后的同学聚会上，我们这些当初差班的学生聚集在一块儿，议论当年谭老师的与众不同与英武神勇，大家一致认为：正是由于谭老师特殊的启蒙方式，使我们不再拘泥于对课本上知识的专注，而更多的投身于实践课程当中。我们中间，有十个老总，有两个省级篮球队员，还有一个女孩子成了著名的电影演员。

坏孩子也有坏孩子的长处，最重要地是，如何发现他们的长处，发挥他们的长处，让孩子们的兴趣志向像星光一样闪烁在夜空中，历时越久，越发明亮。

这也许正是现代教育应该借鉴的地方。

送你一个自暴自弃的过程

一个生来家境好的孩子，用顺风顺水来形容他的征程，一点儿也不过分。路是父亲铺好的，钱财自不必拘谨，享尽了福。

许多学子们羡慕得不得了，而唯有一个人，却对此郁郁不安。

那就是他的母亲，母亲生在困难家庭，小时候风餐露宿惯了，对父亲为他安排好的路途抱有意见，但每每决定不了局势。

15岁那年，孩子参加作文比赛，一贯强势的他自然不会放过这个证明自己能力的绝佳机会，但作文并不是他的强项，因此，他事先恶补阅读。不仅如此，母亲得知了一个可怕的消息：孩子意外买到了这次考试的作文题目。

这简直是不可饶恕的，对人对己都是一种伤害。

母亲没有与父亲商量，而是独自一个去了学校里，她受到了优待，因为她的老公向学校捐了钱。

作文比赛那天，人山人海，由于是每年一次的作文大赛，得到前三名者，将会得到直通市作文比赛的机会，因此，所有的学子都十分重视。

孩子并没有得到事先准备好的作文题目，他大吃一惊，那次考试，他败了北。

头一次失败，对于一个年轻的孩子来说，简直是无情的。以生病为由请了假，休了学，躲在家里面垂头丧气，每一个孩子都会有过这样一个自暴自弃的过程。

父亲请了假，过来陪他，唯有母亲，淡然处之，仿佛这一切都在情理之中，再自然不过了。

挣扎，拼命写日记，孩子不吃饭，几乎所有的亲戚们全出动了，父亲与母亲理论："你根本不顾孩子的安危。"

母亲回道："你们可以左右他的将来吗？一点点小小的失败，我相信动摇不了军心，孩子会适应过来的。"

一席话，满座皆惊。

果然如此，一周之后，孩子高高兴兴上学了，脸上多了些成熟，原来的青涩与稚嫩消失了许多，遇到学习不好的学生，也会主动打招呼了，也学会了虚心向人请教难题。

每个人都有自己的长处与短处，你不可能得到上天所有的眷顾，因此，你的窗户需要打开，让别人的春风走进来，你的门也需要打开，迎来送往才是人生的常态。

孩子18岁那年，参加高考，平时考试成绩很好的他，意外折戟。这一次简直是致命的，孩子痛哭流涕，那么多学习不如自己的同学们，纷纷考上了重点大学，而唯有自己跌进河里，从此，他一蹶不振。当时，孩子的父亲，由于生意倒闭，门可罗雀，他们早已经失去了可以炫耀的资本。

父亲不知道如何劝慰孩子，而他的母亲，则为他讲了一个故事：

5年前，一个孩子参加作文比赛，因为他事先得到了作文题目，但他参加考试时，却发现作文题目换了，这个孩子不知道这是为什么？其实，这是他的母亲，到了学校，告诉了校长，校长大怒之下，不仅惩罚了相关责任人，而且换了作文题目。

　　孩子沉沦了一段时间，自暴自弃，痛不欲生，但正是那段难得的经历，让他学会了坚强，人生无处不受伤，如果一个孩子，不学会养伤、疗伤，他如何面对凌厉的风和雨。

　　孩子释然了，他懂得了，任何事情都有其正确的一面，失利是为了更好的爆发，那些不认输、奋勇当先的孩子，才是雄鹰，才能展翅翱翔。

　　暂时的失利不是伤害，是锻炼，就像天空送了世界风，自然送了生命雨，生命将多姿多彩、意趣盎然，没有失败的人生不叫人生。

鲁北北，我一直欠你一个吻

(1) 鲁北北的恶作剧

鲁北北者，庸俗人而已，只不过仗着身强体壮，时常在班中吆五喝六，成了众星捧月之人。

唯我独尊。我将他当成了仇人，疾恶如仇是父亲遗传给我的最好基因。

鲁北北一直希冀接近我，但他却没有成功，因为我的目光如电，将他萌发的心思扼杀于摇篮里。

那个傍晚，我在自己的碗中发现了一只可怕的毛毛虫，这是我的软肋。偌大的餐厅内部，鲁北北一马当先地跑了过来，将毛毛虫扔在地上，踩在脚下。

本来我准备好了一大堆的台词，准备第二天向他表示真诚的感谢，但当晚，丁月月告诉了我所有的真相：原来这竟然是鲁北北设计好的，那个可怕的虫子，竟然出自他手。

我像一只蚊子一样，叮在了鲁北北的身后，我将世界上最难听的语言汇总后，喷涌而出。

那个班会上，鲁北北头一次遭到越老师的批评。

(2) 索吻事件

事情远没有结束，一周之后的一个艳阳天，我收到了一封匿名信：

我们打个赌好吗？毕业之前，我一定要吻你。

我的思想经受了从未有过的打击，我站在课堂前，破口大骂。一刹那间，便失去了淑女的形象，我要查出整个案件的始作俑者，我不是神探，但班中有许多人愿意帮助我这个"小女生"。

越老师将班里的所有男生找到了自己的办公室里数落：

"这是一起严重的暴力事件，威胁、恐吓，甚至有些失态，如果是你们，就勇敢承认，吻，是中学生中最忌讳的词汇了，你们竟敢发誓打赌，真是变本加厉。"

一时间，风起云涌，竟然连校长也知道了"索吻事件"，查笔迹、对字体，无任何线索，此事拖了半个月，不了了之。

我心中有杆秤，因为我偷听到了一些男生的话语，显然，鲁北北，是最大的"嫌疑犯"，但我苦于没有证据，加上期中考试的来临，整个案件，石沉大海。

(3) 一线光明

突然有一天，看到贾南南时，我看到了与众不同的握笔姿势，当时，他刚放学，到我们教室喊鲁北北回家。他们看到我的目光时，害怕得要命，慌忙收拾好行装，逃之夭夭。

我若有所思：那匿名信上的笔迹，分明是一个左手执笔的人所写出来的字。我一夜未眠，甚至想好了，将这个最重要的证据摆在台前。

恰在此时，有人告发了秘密：鲁北北被供了出来，越老师面临两难的处境。

我化干戈为玉帛，公开这样宣布：那封信件，只不过是一个误会而已，与任何人都没有关系。

从那天起，我每逢下学回家时，都会感觉到背后有一个影子追随着我。我路过一个胡同口，这儿是附近的危险地带，也是爸妈叮嘱我要小心的所在。

我藏了起来,但那个影子,突然间也消失殆尽。

(4) 险象环生

我得罪了两个小子,与我大大咧咧的性格有关。某天下学,我看到两个小混混儿,正在欺负一个低年级的学生,我看不惯,便骂了他们,哪里知道,我惹了祸,等到我于某个傍晚时分,到达胡同口时,我看到了他们威胁的目光。

他们逼近了我,我撒腿就跑,他们在身后追,胡同狭长,我没有跑几步,便被他们逮了个正着,我有一种欲哭无泪的感觉,想喊,却"欲语泪先流"。

一记耳光扇了过来,却被一双手死死地掐住了。原来是鲁北北,他像一支箭一样,将两个家伙扔进了风中,人高马大的他,警告两个家伙,"如果再惹这位美女不高兴,就让你们永远不高兴。"

我没有想到,一直跟踪我的人竟然会是他,到了今天,我才知晓,他一直跟着我的目的竟然是为了向我道歉,他不敢开口,一直隐藏在心中。

我们没有说话,也许,沉默是一种最有力的语言。

(5) 握手言和

那天的作文课上,我听到了最生动的一篇文章,竟然出自鲁北北之手。他在作文中,夸奖了一个女孩子,让他自己改变了"无恶不作"的行径。我想到了许多天以前,他过来向我问语文题,这个是我的强项,我又想到了他请教时的虔诚。一刹那间,所有的烟雾弥散开来,取而代之的满是理解、尊重与友谊。

毕业晚会上,许多同学们穿了盛装,我们哭了个稀里哗啦。高中生涯,就这样以一种别致的方式结束了,在挤往高考的独木桥上,有人哭,有人笑,但无论如何,彼此生命里都有最难以割舍的悠悠往事。

我像一个骄傲的公主，主动走到了埋头想心事的鲁北北面前，我邀请他跳舞，他愉快地答应了，他的舞姿不算优美，甚至有好几次踩了我的鞋子。

"鲁北北，我一直欠你一个吻，是吧？"

他摇摇头，想解释什么时，我轻轻地亲了他一下，现场爆发出雷鸣般的掌声。

送你一场烟花般美丽的初恋

从小楼的二层下来，我的心仍然一片荒芜，父亲被举报入了狱，母亲又不知去了何方，从此我17岁的天空里再无阳光，只有阴霾。

当时我也清楚父亲是犯了严重的经济错误，而举报他的人就是最熟知父亲的人，可是这与我何干？我难道会替他复仇吗，我的双手无力且孤单，就像自己的体重一样，单薄脆弱，我甚至忘记了自己的年纪，忘记了自己明年都要面对可怕的高考。

我请假在家里，想长年如此。我每天的生活简单，我感到空虚无聊，我甚至想到了轻生，没有亲人的日子里，我宁愿自己就是自己最亲的人。

那天，我下了楼，却无意中看见一个男孩子，大大的眼睛，正在楼梯上左右徘徊着，我不爱搭理人，只留给他一个背影，但我却记住了他的眼睛，迷人且性感。

我开始关注这个男孩子，他每天与我一块儿下楼，背着个大书包，与我不同的是，我向右边拐弯，而他则拐向了左边，左边也许是有他的学校吧。

他大约和我一般的年龄，我曾经跟着他到达了他的目的地，那个市里一所十分普通的高中，我还知道他上高三，明年与我一起高考。

所有的一切一切，原本与我无关，可现在，却又关联起来。

本来我不愿意上学的，但为了见到他，我宁愿故意卖个破绽，在早上七点左右准时与他一起下楼，然后在无尽的凝望中，一个向左，一个向右。

因为有了他，我一个人的天空中开始现出彩虹，我将他当成了我的初恋，因为在此之前，我生命的天空中没有掠过一个男孩子的身影。

终于有一天，我打破了僵局，那是一个雨天，我将钥匙落在学校里，正望着大雨踌躇，他试探着问我，"需要帮忙吗？"

只一句话，我进了他的小屋里，从此，有一份叫作爱的东西在心海里荡漾起来。

这样的爱有些一发而不可收，我简直是疯狂地喜欢上了他，虽然有些始料不及，却又如此地合情合理。

我们相约一起考北大，在某个花园里再相逢，我知道，他与我这样的约定，只不过是为了我的前途，他不想破坏一个女孩子的伟大理想。

这份约定过后，从此，我再也没有见到他，他如一只悠悠黄鹤，杳无音信。

但我记得了那份约定，我开始发奋图强，看书累时便会想起他的容颜，他的话语会时刻想在我的耳畔，让我自强自立，从此不再低头做人。

我的成绩一直在班里是佼佼者，加上我所在的学校又是全市的重点中学。那一年的秋天，我顺利地进入了北大，我却没有遇到他，当时我傻眼了，怎么可能呢，他所在的那所学校以前根本没有考上北大的纪录，他这是在故意欺骗我。

我泪水涟涟，放假回家时，疯疯癫癫地去找他，却没有结果，小屋一直锁着，人去楼空，问房东时才知晓，这是一个男孩子租下的房子，现在退租了，他的租期只有一年时间，一年时间，正好是他与我相处的整个时光。

我挖空心思地寻找他，却一直没有找到，我要感谢他，没有他，我是不可能如愿以偿地考上北大的，无论他是出于何意，他都是我的初恋。

两年时光，飘然而逝，父亲服刑的日子过了一半，而在这个时候，我却坠入了爱河。

一个大大咧咧地男孩子，酒后说愿意陪我走这一生，我稀里糊涂地当真了，就像当初相信他一样。我是个容易被感动的女孩子，一句简单的爱恨情仇便可以搅动我内心深处无边无际的波澜。

从此，我的生活多了一个他，他像个跟屁虫似的跟着我，直到有一天，他将我送进了他精心编制的爱的花轿里，而那一年，父亲正好出狱。

婚后不久，偶尔去一个打字部里复印材料，接待我的是一个高挑的男孩子，多么熟悉的身影，我看呆了，竟然是他，那个送给我一段美好初恋的男孩。

他单纯得要命，见到是我，便想躲开，我一把抓住了他，我要质问他当初那样做的理由，如果他说不出来，我便会狠狠地送给他一记耳光算做结局。

"我的父亲，是你父亲的死对头，你父亲的入狱，与我的父亲有关。"

他说话时的神态没有丝毫的自信。

"我知道你孤身一人，便想着帮你，我故意租的房子，住了下来，害怕你寻短见，我喜欢你，可是，我的功课却很差，我拼了命地补课，可为时已晚了，我没有考上大学，失了约，就是这些。后来我的父亲也入了狱。"

他的眼角溢满了泪水，双手不知道放在何处。

一周后，我在我男友的公司给他找了份工作，他不停地鞠躬致谢，他的背影远离时，我的眼角潮湿一片。

真的应该感谢他，感谢他送给我一场如烟花般美丽的初恋，虽然短暂，却灿烂了我的那个高三，那个高考，甚至于我的半生时光，如果没有他的鼓励，现在的我，恐怕早已经如一只风筝，跌倒在不知名的角落里。

泪眼蒙眬里，那个雨天，一个男孩子与一个女孩子相约下了楼，一个拐向了左边，一个拐向了右边。

保持通话

　　大西洋某海域发生客机失事，一架满载乘客的客机在此地坠毁后，下落不明。美国芝加哥机场内，前来寻亲的家属痛哭一片。

　　查理扶着身患重症的母亲萨姆，从郊区风风火火地赶了过来，萨姆无论如何也不能相信，丈夫西特会遭遇此劫。查理不停地安慰着母亲："警方正在全力搜救，可能有幸存者，父亲是个礼佛的人，说不定能够幸免于难的。"

　　西特是为了萨姆的病前去伦敦的。萨姆长年身体患病，曾经吃过无数药，但没有效果，她一直心情不畅，曾经无数次有过轻生的念头。西特在网上了解一个重要的信息：伦敦某地有个神医，还建有专业化的咨询博客，将萨姆的病情说给他后，他十分感兴趣。西特保留了许多萨姆犯病时的记录，那位神医说想当面与之协商，顺便让他将那些病历捎给他看。就这样，西特身负重任前去伦敦，但飞机失事了，怎能不令萨姆痛心。西特完全是为了她才遭遇此难的，如果他真的出了事情，她心中不安呀。

　　夜晚时分，萨姆依然不肯离去，机场工作人员为她安排了宾馆，她却不闻不问地，只是盯着播出信息的大屏幕发呆。

　　凌晨时分，消息传来，机上200余名乘客全部罹难，无一幸免，偌大的机场候机厅内，哭声一片。

　　萨姆依然不相信西特已经离开了人间，她不停地翻阅着西特留下的信物，包括他为了她做的所有记录，这些记录，足以表明他是如此强烈地爱着她，这些年来，他没有嫌弃她，始终对她不离不弃的，并且还对她体贴入微，这让萨姆感到对不起他。

她无意中想起来，西特临走时带有一部手机，这部手机是他过生日时，儿子送给他的。

她如获至宝地抓过来电话便进行拨打，但遗憾的是，始终处于无法接通的状态。

查理过来看望她，她一声不吭，只是不停地拨着号码。查理本来是想告诉她，医生来电话了，说想让她亲自去一趟伦敦医治，但查理没有说出来，他知道她是绝对不会去的。

后半夜的时候，西特的手机居然通了，我的天哪，这简直是个天大的惊喜，这就足以表明，手机没有被摔坏，如果有人接通的话，就更加表明一件事情，西特也许是死里逃生，如今，他可能在某个酋长的家里喝着小酒滋润呢？

正当她的心狂热的跳动着时，电话居然有人接通了，一个苍老的声音。

她颤抖着声音问道："是你吗？西特，你果然没有死。"

那个老声音回答着："你是谁呀？你找谁？我这儿只有一个英俊的小生躺着，没有一个叫西特的人。"

"英俊的小生，对，一定是他，他身材奇瘦，显得十分年轻，对，绝对没有错误。"她重复着这样的话。

那边老人的声音有些焦急："你是谁呀，他现在不能说话，正睡觉呢，我这里可是大西洋土著人居住岛屿，他刚才醒时用笔写给我说他叫洛克，没有说他叫西特。"

果然是他，萨姆的心蹦到了嗓子眼儿："对，他也叫洛克，他真的没有死，太神奇了，感谢老天救了他，也救了我。"

有了这个电话，萨姆的心情十分舒畅。查理也知道了，他也喜出望外，一个劲地说着拜佛的话，还说："母亲，父亲如今一定是受了伤，我们不该惊扰于他，您现在最重要的事情就是要看病，马上将病看好，这也是父亲此行的心愿。"

"可是，我觉得应该将他接回来，我有点不放心，或许他是不是爱上了人家的女儿，不过，不要紧，他的确十分年轻潇洒，不像我，被病魔缠身多年，人不像人鬼不像鬼的。"萨姆的话十分有力量。

"母亲，"查理笑着说道，"明天您再打个电话问那位老人？父亲他究竟怎样了，也许，他果真幸运地活着。"

第二天凌晨，萨姆打通了电话，那位老人的声音哑，显然着没有睡醒呢，他说道："怎么又是你呀，洛克可是说了，让你赶紧瞧病去，他受了伤，暂时不能离开，我的女儿，正在为他调治病情呢。他现在仍然处于危险期，太吓人了，一架飞机，呼啸着冲了下来，将我的宅子给撞坏了，我还想找保险公司理赔呢，不过，这个破地方我可不愿意让他们过来，任何人都不能过来，否则我这里就成了他们的天下了，一帮子'政治流氓'。"

"我想找洛克接个电话。"萨姆提了要求。

"你这个老太婆，不可能的，我们这里是绝对不让他通话的，他也理解，只是让我告诉你，你赶紧瞧病去，病好了，也许可以见到他。"

萨姆挂了电话，她感觉心"扑通"一声落了地，她的心情瞬间好起来，她马上通知了儿子，要去伦敦瞧病去。

留居伦敦期间，她又给洛克的手机通了电话，老人家依然十分不耐烦的样子，说道："赶紧进手术室吧，我不想打击你，你只要好好活着，洛克的心情也会十分愉悦，这会使他的伤口非常快地愈合，我的女儿已经看上了他，你不会生气吧？"

"不会的，只要他活着，无论他怎样，我都喜欢他，也许，我们会同时好起来的。"萨姆的话柔软无比。

手术进展十分成功，在半年的恢复期后，萨姆的病果然奇迹般地好转了。

时间来到了第三年，萨姆与儿子查理回到了芝加哥，途经失事海域时，萨姆与儿子交涉，想在最近的机场下来，去寻找西特。

查理说道，"不行啊，这是直飞，再说，没有途经大西洋海域的航班，也许，父亲的离开是件好事，只要他活着就好，他希望您好好生活，您也希望他快乐地生存，不是吗？"

萨姆几乎每个月会给洛克的手机打一次电话，问："洛克的病如何了？"

老人家与她成了熟客，说着："他醒了，现在恢复得不错，只是，他已经丧失了记忆，谁也不认得了，这件事情发生在最近，他几乎忘记了所有的事情，所以，我打消了将他送给你的念头，我害怕他会重新受到刺激，但我要告诉你，他依然活着，与我的女儿十分熟悉，简直是无话不谈，不过，他已经忘记了你的名字，就是这些。"

萨姆打这样的电话保持了五年时间，在第五个年头上时，她的病情突然恶化，但比医生预测的寿命还是延长了两年。

在萨姆的葬礼上，查理痛哭流涕，前来吊唁的，还有一位脸庞沧桑的老人。他没有接纳查理送过来的五年的租金，他只是向逝者深鞠了一躬后，交还了一部洛克的手机，转身离开了。

原来，当年查理先生在父亲登机前，借走了他的手机，事发后，为了安慰母亲，他联络了一个好心人，编织了一段感人至深的绵长的长达五年的美丽谎言。

正是有了这部保持通话的手机，才使得萨姆奇迹般地接受了最为麻烦的医疗手术，才使得她重新燃起了对生活的渴望和希望。

天使送给我们一颗美丽的雀斑

她常常保持一颗稳定的心情，内向的性格让她与我们几个人的乖张格格不入，她不自信的理由有多条，其中最让她自卑的无非是自己的容貌，脸上有无数颗可爱的雀斑。在公众场合，她是决然不敢抛头露面的，这压抑了她非凡的才能，我们知道她会写诗，已发表了数篇，她满腹才华却因为卑微而被永远雪藏。

哪个孩子的青春不叛逆？我刚来时，时常捉弄于她，她来自农村，买不起化妆品，我故意将自己的化妆品装些清水送她，看到她的不伦不类，我突然有一种凌驾于她之上的满足。因此，面对她，我一度是高高在上的样子，但在寝室里，我是老大姐，我可人、清纯的形象可以倾倒整个校园。

她一直是我们的配角，黄金配角：写给哪个男孩子的情诗，一定要出于她之手，因为她的才气逼人；如果要捉弄某个男生，她是首当其冲者，因为在黄昏下，她的出手，一定可以神不知鬼不觉。

在某个清晨时分，昏睡醒后，她突然间站到了我们面前，表达了自己的意愿："以后，再不做这些有伤大雅的事情了，要做，你们自己做去。"

后来才知道事情的真相，原来她去送信时，被一帮男生奚落一番，说她是天底下最丑的小鸭，那些雀斑便是明证。

学校运动会开幕了，她是运动健将，耐性好，3000米长跑，赛道上只剩下她特立独行，而我则信誓旦旦地夺过了主持人的话筒，我想给她加油，却突然间忘却了她的真名，忘乎所以的我叫道："丑小鸭，加油。"

满堂倒彩，班主任老师对我怒目而视，我感觉糗到了极点，但她却依然故我，没有影响到她良好的状态，一直到终点。同学们蜂拥而上，她成了英雄，而我则讪讪地躲在远处的花丛里，我不知道如何收场？

她没有追究此事，还是整天为自己脸上的雀斑发愁，她开始注重自己的容颜，一度省下零花钱买了许多化妆品，由于不会使用，她的脸成了花猫，有几种劣质化妆品让她的脸部红肿，她有很长时间，戴着口罩上课。

这更加剧了她的沉默，我们决心帮她改变自己的性格，但无计可施。

我们寝室其余的五名女学生，制订了一个严密的"毁容"计划，我们找好了针和螺丝钉，我们要在自己的脸上开个口子，长成伤疤，伤疤不能让它完全好了，就要再刺，用不了三个回合，便成了永远的雀斑。

这是一个大胆的计划，我们要同甘共苦，虽然有些残忍，但5名女生击掌发誓，一定要她找回自己的自信。

疼痛是人生必修课，自己种下的蛊，自己要用心去偿还。

我一度下不了手，但后来下定了决心，买了一瓶二锅头，5个人平分，第二天一早，脸上全部开了花。

这起青春的恶作剧终归以我的住院而结束，脸部皮肤严重发炎，医生告诫我的妈妈："如果晚来几天，将会毁容。"

她过来看我，一脸的祥和，脸上的雀斑可爱至极，我突然间想拥有一颗美丽的雀斑，它是信使，是爱的力量。

当年的学校春晚上，我们八年级（8）班的6名女生表演了自己导演的话剧，我们每个人脸上都多了一颗美丽的雀斑，我叮嘱化妆老师："能否让这颗雀斑永远留在脸上？"

我们成了"铁哥们儿"，同一条战线上的战友，面对未来，我们众志成城。

毕业那年，我的眉心上竟然不知何时多了一颗可爱的雀斑，医生说可能是肌肉发生病变的缘故，但我却感谢这颗精彩的雀斑，我更会当着客人的面，大声地介绍她："我的妹妹，一辈子的好朋友。"

会摔倒的天使

我像只猫一样，趁着下课的铃声尚未敲响，便跑到了宿舍里，就是为了实施自己的战斗计划。苏小雅的水杯就放在桌子上，醒目的红色，这是她喜爱的颜色，我将一些安眠药加入她的水杯里，并且煞有介事地将残余的水倒掉，以减少旁人的注意力。

晚饭过后，一场色彩缤纷的竞赛就会在礼堂内打响，而我的对手苏小雅将会第一个出现在舞台上，她虽然舞姿优美，但一定不会想到有人动了手脚，届时，她的摔倒，一定会掀起轩然大波，而我则会以第二名的身份直接晋级决赛。

我十分讨厌苏小雅，她高傲得像一个出类拔萃的古代公主，任何时候，我都会矮她三分，她能言善辩，我则相形见绌，她处处与我作对，让我稚嫩的心灵再也无法承受生命之重，我终于想到了这个妙方。

苏小雅吃过晚饭后，去了寝室拿自己的水杯，这是她持之以恒的习惯，每逢有重大赛事，她的水杯总不离手，一则是暖手，二则是为了掩饰内心深处的恐慌。

我故意向她问候，将暖壶中的水一下子全部倒入她的水杯中，我看到白色的药末与水融在一起，泛起晶莹的水花来，好美丽的几朵浪花。

苏小雅果然喝了水，她将水杯放在自己的座位上，然后准备出场，能明显看出她的疲惫正在袭来，这正是我想要看到的结果。

她的姿态优美，舞蹈的前半部分，没有丝毫的破绽，快要结束时，危险发生了，在一个转身时，她摔倒在尘埃里。

我站了起来，接下来，评委、老师和无数同学们也站起身来注视着，她像一个天使，一个躺在舞台上的天使。

我感到五味杂陈，看着她被医生们匆忙地拉走。我也没有表现好，甚至没有达到初赛时一半的状态，我的心中充满了愧疚，觉得自己对不起苏小雅，最后，我们双双败北，决赛与我们同时无缘。

并无大碍，医生说她太疲惫了，应该多多休息。我回到寝室里，苏小雅竟然向我伸出手来，算是慰问吧，我将此当成了羞辱，愤怒地将手移开了。室内一片静默，我们就这样僵持着，无言的结局。

下半学期，我们依然是竞争对手，只不过，我觉得愧对她，不再决绝地不可一世，而苏小雅，以自己一贯的谦逊迎接着我的冷漠。

她的舞姿依然无懈可击，她是天生的跳舞奇才，这样的女子，如果遇到良师益友，一定可以前途辉煌。

一次演习赛上，我的表演赢得了老师的一片称赞。轮到苏小雅登台，她款款向观众致意问候，她优雅的外表，整个表演行云流水，但就在最后一次转身时，她选择了摔倒。

吹嘘声不断，教练止不住地叮咛她要注意转身的动作，原来，转身就摔跤，竟然成了她的软肋。

我找到了平衡点，觉得她不再是高高在上的天使，而是跌落人间的凡人罢了，因此，我以怜悯的姿态对待她，上前搀扶，无微不至地照顾她。

一直到毕业前夕,我才知道端倪,这个叫苏小雅的女生,冰雪聪明的女生,为了赢回我们冰雪一样洁白的友谊,选择了摔倒,她是故意这样做的,在她看来,友谊比比赛更重要,她告诉那位老师:如果在竞赛与友谊之间选择,我宁愿选择后者。

而苏小雅,以优异的表现考取了北京舞蹈学院,我们两个成了要好的姐妹,发誓一辈子做朋友。

回眸逝去时光,隔着时间的帷幕,我看到了精彩的舞台,也看到了苏小雅,她是一个会摔倒的天使。

鸡蛋开花

吉米是个有先天性残疾的孩子，他反应迟钝，一般不说话，一旦开了尊口，总会产生让人意想不到的恶作剧后果，因此，在班里，他是大家繁忙学习之余的唯一戏弄者，所有的这一切，班主任伊莎小姐看在眼里，她觉得这样的孩子需要大家共同的爱护才行，她平日里特别照顾他，总是从家里捎一些好吃的东西给他，并且在公众场合逐渐提升他敢于说话的能力和胆量，希望这样能给他一种尊严和力量。

那一天，吉米却做出了一件上人啼笑皆非的事情，他在上课时，竟然大胆地对前面坐着的一位女生艾莉说了句"我爱你"，并且，尽管他努力控制自己高分贝的声调，这种声音还是在狭小的教室里引起了一片不和谐和哄然大笑，接下来，艾莉回过头来，猛地给了吉米一个响亮的耳光，作为一种仇恨的报复，吉米本来情绪有些失控，更加神经质起来，他过来抓住艾莉小姐的头发，扭打起来，这一切很突然，短的仅仅几秒钟而已，伊莎小姐快速上前拉开他们时，艾莉已经不顾一切地逃出了教室，她去家里搬救兵去了。

聪明的伊莎小姐采取了一种保护弱者的态度，她大声地对吉米说道："你的鼻子流血了。"同时，用手抹了些红粉笔抹到他的鼻孔上，她拉他出了教室，然后让他快速躲进自己的办公室里，他的思想几度失控，不顾一切地用头撞墙，神智有些昏乱，但事情还是发生了，艾莉小姐请来了她的父亲大人，她的父亲是个练跆拳道的，一拳下去，吉米便会回到他的老家去。

伊莎小姐快速出来调停此事，经过几个回合的较量，她的父亲同意"大事化小，小事化了"，然后领着艾莉回家了。

自那件事情后，伊莎小姐总有些后怕，因此，在一个恰当的时机里，她邀请了吉米的父母到家里作客，他们一脸寒酸的样子，手足无措地望着老师的脸。她讲明了态度，让他们将吉米接回家里照顾，她坦诚地告诉他们，这里不适合他的成长，她害怕这样下去，对他的打击会很大，同时会影响其他同学的学习。

在讲明事情后，吉米的父母亲突然给伊莎小姐跪了下来，他们告诉她，吉米的生命是有限的，他渴望读书，但本地区根本没有一家这样的学校，所以，他们恳请她不要赶他走，他们回去会好好地教育他的。

望着两人无助的脸孔，伊莎小姐突然间泪流满面，他们的可怜与她对这一家人的怜悯相互撞击，产生了爱的火花，她最后答应他们会照顾好他，但前提是他不能惹祸，尤其是不能触动大家的灵魂。

复活节的前两天，大家都在忙着做各式各样的礼品，同学们喜欢做复活节彩蛋，上面画着各式各样的图案，或者写满了自己的祝愿，那上面有对自己的理想和未来，或者是对老师和同学们的祝愿。

那天下午，天很晴朗，伊莎小姐让大家拿出自己的礼品来与大家分享，有的孩子托着画好的美丽风景让她看，她笑得很灿烂，有的上面写满了对她的祝福，她觉得很温暖。

只剩下吉米了，吉米手里拿着一只鸡蛋，他大声地说着，他要摔烂这只鸡蛋，伊莎和蔼地说："吉米同学，大家都在说祝愿和心愿？你为什么要摔烂这只鸡蛋?"吉米不可一世地跳了起来,同时将鸡蛋放在一个同学的头上,吓得那位同学赶紧后退,"我要摔烂它,我想让鸡蛋开出花来。"说着,他将鸡蛋猛地撞击在课桌上,一大堆鸡蛋液散开,他大声吆喝着,"鸡蛋开花啦!鸡蛋开花啦!"

面对这种情况,伊莎小姐尽力压住内心深处的火气,她不想破坏大家的心情,因此,她劝慰吉米先回家里去,因为现场被他搞得乱七八糟的,许多同学都退后三尺,她不想因为他一个人改变大家的心情。

但吉米执拗得很,他非说他的鸡蛋会开花,最后,伊莎小姐不分青红皂白、不管三七二十一地不得不动用了几位同学将他扭送到他家的门口,他哭得悲痛欲绝的,他的母亲抹着眼泪将他接回了家里。

但第二天开始,吉米却再没有过来上学,伊莎小姐的内心有些不安,她担心自己那天的举动会伤害他的尊严,在放学时她经过了吉米的家门口,那里空荡荡的,人去楼空的样子。

一周后,有位同学在吉米的课桌里发现了20个鸡蛋,是被打烂了的鸡蛋,蛋壳里面塞满了土壤,上面长着嫩嫩的叶,开着羞涩的小花。

伊莎小姐的眼泪在眼眶里打转,她后悔莫及地扶住课桌,原先的那种冷酷和不可一世突然间烟消云散。

三个月后的一天,他们得到了吉米去世的消息,在殡仪馆门前,前往悼念的人们惊奇地发现,在吉米的灵柩上放着20个打开的鸡蛋,上面挤满了小花,它们毫无忧虑地缤纷着、跳跃着……

你生来是别人的天使

她从小失去父母的关爱,被寄养在姑妈家里,姑妈好赌,将姑父丢给她的一个个好端端的家搞得四分五裂,在生活捉襟见肘的情况下,姑妈为了分担她自己生计上的忧愁,万般无奈将她狠心地送到了孤儿院,从那时起,她成了一个无家可归的孤儿。

在孤儿院里,她养成了内向孤僻的性格,从不与人为伍,从此,她便常常成为旁人欺负的对象,每逢受到苦难时,她总会将自己锁在屋子里无声地哭泣,她愤世嫉俗,恨命运的多舛和不公,弱小的内心深处,每每有不安和不快伴随着她,她常常想到死,想到父母临死前紧紧抓住自己双手的样子。

那一天,她一个人躲在不为人知的角落里玩耍,她的手里头有一本好看的书,那是孤儿院门口一位卖雪糕的老奶奶送她的,她全神贯注地欣赏着,毫不知觉有人已经觊觎了好久,一双阔大的手伸了过来,一个高年级的男孩子,抢走了她的书,他没有给她任何反抗和挣扎的机会,她甚至没能看清楚他的脸,眼泪早已经夺眶而出。

她沿着孤儿院门口一条崎岖不平的道路,艰难地漫无目的地向前走着,前面是一座教堂,她毫不知觉地进入了教堂深处,在那里,两位妇人正在那里讲故事,一位妇人说道:"每个人身边都会有天使保护自己的。"她大声反驳她们的话："不，没有的，没有天使在保护我，如果有的话，我就不会被别人欺负了。"

老妇人过来看她，拉了她的手，替她揩干了脸上的泪水，她轻轻地说："孩子，那是因为，你生来是别人的天使。"

是在突然间，她发现整个世界发生了翻天覆地的变化，漫无边际的阳光洒满了她的全身，她感到整个世界都在唱着关于爱的赞美诗和交响乐，从那时起，她变得豁然开朗起来。

在以后的日子里，她变得与人为善，常常主动与人交际，帮别人所需。

她常常对自己说道："总该有人去当天使的，对吗？而我，生来是别人的天使，我甘愿这样做，这是我的使命。"

她的脸上绽放出了笑容，好像藏了一整个春天。

天使的药方

汉威11岁那年的冬天，在一次不正规的献血活动中，他不幸地染上了艾滋，一周后的一天，他的身体开始出现抽搐，鼻子也开始不规则地流血，小朋友们如临大敌般地开始疏远他，他的母亲得知儿子的病情后，终日以泪洗面，她不敢面对这种残酷的现实。

每日，汉威像一个孤独的灵魂，漂泊在家门口和小溪边，学校的老师们到家里来劝他退学，因为，大家都害怕被染上这种奇怪的疾病，他孤独苦闷、郁郁寡欢。

突然有一天，母亲微笑着走近他，对他说她知道了一种药方可以治自己的病，汉威高兴地蹦了起来，在他的内心深处，他依然渴望着走到书声琅琅的校园里，因为那里才是自己渴望的天堂，所以，他抖擞精神希望上天能够治好自己的病症。

母亲说在遥远的东方，有100位天使，他们是东方的圣使，如果你能够坚持给他们写信，他们被你的诚心感动，并且每位天使都给你回一封信的话，你就会得到治病的药方，这是她从别人那里听来的，并且那些人已经成为了受益者。

在母亲的鼓励下，他开始给天使写第一封信，他郑重地摊开信纸，在上面写道：天使，我是一个不幸的孩子，你能帮助我吗？

信交到母亲手里，母亲需要到镇上去，邮寄到遥远的东方，一周后，母亲兴奋地告诉汉威，天使回信了，信被打开了，里面这样写道：孩子，你要相信自己，相信自己能够好起来，这一点是最重要的。

从那封信后，汉威变得开朗起来，他愿意去做原先懒于去做的任何事情，他的病慢慢地在他的头脑里被稀释，每天，都有阳光陪伴在他身边。

他一连给天使去了好几封信，在信里，他向他讨要治病的药方，天使回信了，信里告诉他：孤独对治病是最不利的，希望他能够振作起来，去帮助那些需要帮助的人。

汉威开始义务到镇上去打扫街市的卫生，在这以前，小镇终年找不到一位打扫卫生的人，他们都不愿意做这种费力又不讨好的事情，汉威的出现开始打破了这种局面，有些人开始参与进来，因为，他们看到，每天清晨，一个个头矮矮的义务工清扫每家门前的袋子、香蕉皮等杂物，汉威开始感染这里的每一个人。

天使又来信了，他说他已经知道汉威做得很好，他们正在联手找寻能够医治他病的药方，相信在不远的将来，他就可以如愿以偿。

汉威的脸上开始绽放笑容，原本内向的他开始与人交谈，与人一起欢笑，他经常跑到镇上的孤儿院里，用微笑去劝勉那些可爱的无家可归的孩子要学会坚强，在他的眼里，这些孩子比自己还要可怜，自己还有母亲，还有一个家，可他们呢，终日沉浸在哭声里，有一些伤痛藏在内心深处，一辈子跟随着他们。

许多人开始试着接触这个害了怪病的孩子，他们不相信这样可爱的孩子会与病魔为伴，有一些援助的手开始伸向他和母亲，但大家还是与他保持着一定的距离。

在收到天使的第 99 封信时，汉威躺倒在地上再没有起来，母亲含着泪搂着他的身体。

在汉威的追悼会上，几乎小镇所有的人都来了，在另一个城市，有 100 个可爱的孩子赶到了现场，最后一个孩子拿着一封信，眼含热泪双手不住地颤抖着，他对汉威的母亲说："对不起了，我没有赶上写最后一封信，并且，我也没有找到最好的药方。"

汉威的母亲对他说："不，孩子们，谢谢你们了，在汉威的最后日子里，是你们让他摆脱了阴霾，你们送给了他理解、友情，让他不再孤独，这已经是最好的药方啦！"

原来，汉威的母亲为了帮助汉威平静安详幸福地度过生命中的最后时刻，她编织了一个美丽的谎言，她向远在异城的一所学校提出请求，只要孩子们愿意写一封信，她便愿意付一枚硬币。

汉威安详地躺在鲜花丛林里，旁边散落着 100 枚金光闪闪的硬币。

受伤的葡萄

我看着那个男孩蹲在花坛的旁边出神，我走近他，问他："怎么啦，生病了吗？"他摇摇头，对我说："老师，我在等待葡萄发芽。"接下来，他向我讲述了他的杰作，他将嘴里吐出来的葡萄籽种在了地里，他想吃上自己亲手种下的葡萄。

我对他说："孩子，你的想法是很好的，可是，我要告诉你，葡萄是嫁接出来的，它的籽是不会长出葡萄的。"

他愣了一下，依然自信地对我说："我相信自己会成功的。"我无奈地摇头，对他说道："上课时间了，快回教室吧。"

接下来的几天时间里，他的上课纪律坏到了极点，他经常隔着窗户向花坛里张望，我知道他在关注自己的愿望，开始时，他的天真使我有些动容，但过了几节课后，他的这种态度使我无法容忍，因为他的开小差，带动了许多学生都在向窗外张望，他们以为他发现了新大陆，这使我的课堂纪律乱七八糟。

我找他认真地谈了一次话，我对他说："请你不要因为自己的事情而耽误别人的学习，另外，我提醒你，不要去关心你的所谓杰作，你的任务是学习，不是花坛里的葡萄是否发芽。"

那件事情过后，我以为他会改过自新，但那天上课时，我发现他不在座位上，我以为他家里有事没来，便接着开始上课，讲完课检查作业时，我突然发现他正蹲在窗前的花坛边，很认真的样子，这使我愤怒无比，我跑出教室，到了他面前，让他给我一个他这样做的说法。

他显得很激动的样子，"老师，我将葡萄籽移到了花盆里，这样可以起到对它的保护作用。"

我实在忍无可忍，我抓起他的花盆，告诉他，"我要再次告诉你，你的这种做法是错误的，这样种的葡萄永远长不出来。"我将他的花盆摔得粉碎，然后，他悻悻地随我进了教室。

几天后，在花坛的旁边，我看见一个穿粉红衣服的小女孩，她正在将嘴里的葡萄籽吐出来向地里埋，那女孩是邻班的，我有心向她解释一下，后来因为有事便没有顾上劝告她，后来想想，现在的孩子太天真无邪啦！

一个月后的一天，我看见那个女孩正在花坛边呼喊着，许多孩子将那里围作一团，我走上前，突然惊奇地发现，正有一排排的嫩叶在地里呼之欲出。

那个男孩子，正认真地请教那个女孩，"我们老师说，葡萄是嫁接出来的，种在地里是长不出来的。"女孩兴高采烈地回答他，"我们老师说，要自己动手尝试一下。"

我看到那个男孩神情木然地离开了，他的背影令我心痛无比。

夜晚，我做了一个奇怪的梦：一枚受伤的葡萄在风中颤抖着、求救着。

橡皮开花

瘦弱的身躯、憔悴的脸庞、补丁摞着补丁的衣衫，她那无助的神情几乎让所有人充满怜悯，她是我的同桌。

曾经很长一段时间，我与她有着相当大的距离，我害怕她的泥土味道沾染到我，为此，我坚决地在我们中间画上了一道长长的"三八线"，我提醒她注意，我们必须"井水不犯河水"。

她尽量缩短胳膊的距离，害怕侵犯到我的领地，她上课特别注意听讲，也许家贫的孩子在学习方面总能比家庭富裕的孩子有优越性，她的成绩与她的身份成反比关系。

那天，我在书上看了一则小发明，叫作"橡皮开花"，就是在橡皮上刻上各种优美的图案，远远地望去，就好像橡皮开了花，我很想在同学们面前展示一下自己的才能，所以，我准备在课间时将自己的橡皮作为试验品，但不巧的是，那天我将橡皮落在了家里，我一眼看到她的橡皮就在旁边放着，她出去了，这是个难得的良机，在她回来之前，我已经将一个伟大的艺术品展示在同学们面前，周围尽是啧啧的赞叹声，他们从来没有见过这样活灵活现的艺术品。

我正在得意之时，我忽然听到了啜泣声，是她，她丢了橡皮，然后她的目光锁定了我的艺术品上,经过仔细辨认后,我不得不低头向她认错,我说:"我拿了你的橡皮,明天买块新的给你。"

她花费了将近一节课的时间来清除橡皮上的花纹,我有些心疼,但她脸上淌满的泪痕告诉我什么叫作错误的代价,我下定决心,为了还她个人情,明天一定买一块香橡皮送给她。

当我将一块散发着芬芳的香橡皮放在她面前时,她不停地摇头,她说:"不用了,我的还能用。"我说:"不行的,是我做错了,我没有经过你的许可,就刻了你的橡皮,其实我是想做一件艺术品送给你的。"

我们互相推诿着,僵持的状况一直持续到体育课来临前,同学们三三两两地出去了,我看着她将橡皮压在课本下面,我的心里长出了一口气。

体育课上,她有些心神不定的,她抽空回教室,回来后对我说橡皮不见了,我心里想着这一定是她的鬼把戏,想与我开个玩笑,我说:"不会吧?"等我尾随着她回到教室里时,那块香橡皮果然不见了踪影,她说:"你拿走了吗?"我说:"没有呀。"她的脸上瞬间淌满了泪水和汗水,她不停地解释着,"都怪我,没将橡皮收好,我明天买一块赔你。"我说:"不用啦,不就是一块橡皮吗?本来就是还给你的,丢了就算了。"

她一脸的不安宁,我猜想着她的内心一定在做着从未有过的思想斗争和自责,我心里想着她心眼太小了,一块橡皮对她来说可能是家里一天的收入,但对于我来说简直是小菜一碟。

后来想想,我便心生一计,我趁课余时间到外面买了一块相同的橡皮,然后我告诉她,橡皮是我不小心拿走的,看我这记性,当我将橡皮摆在她面前时,她的脸上早已是梨花带雨,她说道:"那块橡皮我找到了,它就夹在我的书包里面,我回家时才发现的,谢谢你,谢谢你……"

当我善意的谎言被戳穿后,我们的双手紧紧握在一起。

物理课下课时,物理老师若有所思地突然从袋子里拿出一块橡皮走到她的身边,对她说道:"那天我孩子路过教室,由于他急用,从这儿拿走了一块橡皮,这块是你的吗?"

同样花纹的橡皮摆在她的面前,只是在瞬间,我感到自己的感性思维在经受着极大的考验,终于,我按捺不住了,然后泪水夺眶而出。

她不停地哭着,"这块我要,那块我也要,三块我都要……"

第二天上课时,我们看到她的课桌上摆着三只精美的橡皮,橡皮上被人做了精巧的点缀,远远望去,橡皮真的开出了一朵精美绝伦的花。

我伸出手去,偷偷擦掉了那条我描了再描的"三八线"。

天使路过流年

(1)

我知道那时的我,好像刚刚睡醒的孩子,眼睁睁地瞅着一个个靓男在自己面前匆匆走过竟然不知所措,好想伸手抓住一份属于自己的幸福,但我不敢冒天下之大不韪,因为父亲告诉我,你还年轻,你的主要任务是学习,我说,次要任务呢,我好想说,爸,让我爱一个人吧,就一次,但我没有说出口,从那时起,我十六岁的青春岁月里再也没有片刻的消停。

直到马苏然的到来,马苏然,名字纯净,人洁白,像雪一样的白,像梦一样的年轻向上,让我执着的青春年华在瞬间成了一瓶乱七八糟的调料,跌倒在一览无余的台阶上。

马苏然说认识你真好,我说不要太相信那些默默的情话,一句话,一个眼神,分明读出了汪国真的诗意,为我们的交往做了一个美丽的注脚,那天夜里,我告诉自己,抓住他,让他成为自己的俘虏,谁让我过分的早熟,谁叫父亲不可一世地警告我,谁让他叫马苏然。

(2)

班主任余老师有个怪怪的毛病,总是喜欢将一男一女的座位排到一块儿,这让许多人很尴尬,而我则不然,我觉得这样最好,能够判断出男女学生的定性，还可以促进学习嘛，谁说一男一女在一块儿就只有俗气的爱情，与我持相同观点的，只有马苏然，所以，当我的肩膀挨着他的肩膀，所谓的摩肩接踵时，我们会意地一笑，他说："你的脸是个象形字，叫笑。"我说："张小鸽的脸也是一个象形字，叫哭。"他回过头看张小鸽时，她早已经哭成了梨花带雨。

开始时不知，是因为年轻，终点时还不知，是因为太成熟了，从那时起，我才发现另一种目光也在盯着马苏然，她会关注他的笑，会像我一样，将他每天穿的衣服梳的发型若有所思地记在日记上，我知道了，她的名字叫张小鸽。

(3)

敬老院里，我们第一次不知所以然地看着马苏然熟练地操作刈草机，这让我对他更加崇拜了，张小鸽一把将机器抢了过来，说这有什么呀，看我的，她开始了一次致命的操作，结果是将那院如茵的碧绿草坪搞得一片狼藉，直到双手无力地砸自己的脸，然后鼻子上我看到了血光。

马苏然那天成了她的守护神，这也让她白捡了个便宜，马苏然自然是理所当然地不可阻挡地被请到了她的家里，她的母亲，几乎将全市的菜搬了回来，一道道家常菜，塞满了马苏然的胃口，吃得他直翻白眼，直求饶，张小鸽依然不依不饶地说这可不行，来做客总不能让吃不饱，结果是马苏然同志吃了三天的胃药，我心里面骂他没出息，心里面却想着自己的父亲是决然不会让马苏然到家里面吃饭的，更不会让一个男孩子彻夜不归地待在我的房间里，他只会对马苏然说道，"小伙子，还年轻呢，谢谢啊，回家自己吃饭吧。"

但我应该感谢马苏然，因为是他的巧妙安排，让我这个不爱劳动的小丫头变得不再懒惰，让我每周一次敬老院的生活充满了色彩，让我更有机会看到了人世间的疾苦，让我更下定了决心将这份事业保持永远。

(4)

我听说张小鸽给马苏然写情书时，才知道自己下手晚了，我曾经认真地作过比较，以自己的长相，绝对可以与张小鸽认真地PK，但她的家境好，母亲漂亮，父亲优秀，女儿更是个情种，因此，她的脸上处处洋溢着让我始料不及的爱或者恨。

从那时起，我便告诉自己，离开马苏然，让他知道点我的厉害，但越是这样，感情的种子却遇到了潮湿的土壤，它恣意地滋长着，让我的心七上八下的，好像刹那间便会开满思念的蚕豆。

我终于下定决心要给张小鸽一点厉害，我不会自己出手，会让自己的保护神表哥给她点颜色瞧瞧，让她收敛一下自己的嚣张气焰，果然，第二天早上，张小鸽来上学时，书包带断了，脸上青一块紫一块的，我本以为马苏然我会对她的破相不忍卒读，但相反的是，马苏然，这个臭小子，故意与我作对似的，他拼命地安慰于她，好像是他做了错事似的，直到我听得心乱如麻，看得眼睛发花，两腿酥软无力，身体跌倒在尘埃里。

醒来时，有同学告诉我，马苏然将我背到的医务室，与我同住在医务室的，还有张小鸽，她同样是头部受了轻伤，我那时起，懂得了什么叫爱的代价。

(5)

我将那份情书无声无息地塞入到马苏然的书包里时，我看到了黎明时的曙光，那是我最为灿烂的一天，我甚至还喝了点葡萄酒，当然，这一切都是背着父亲而为的，父亲只是回来时问我，我的葡萄酒怎么少了，我说我不会喝的，可能是老鼠偷喝了，或者是猫喝了，然后是诧异地笑。

马苏然在第三天给我回了信，他说感谢我能够向他表白，他愿意保留我对他的爱，他说他会永远地记着我，让我好好地学习，在遥远的将来，爱情与前途是成正比的，请我不要荒废了学业，而只顾爱情。

虽然是一份简单的回信，却令我的世界里大地回春，我第一次能够清晰地听到树上的知了在轻曼地唱着歌，听到草丛里虫儿们开了门等待夏日的绵长，听到一两只黄莺卸了妆，对月清谈。

他开始请假时，我并不知道命运有时候会与我开个致命的玩笑，我只是听说他家里有了变故，父母离异，他有可能会辍学，我听了，心里有一种莫名的痛，为他，也为我的将来。

他回来时，面容更加苍白了，他动员我与他一起捡拾校园里那些满天飞舞的塑料袋子，那是不爱吃早餐的同学们买了包子回来时的杰作，他还对我说一定要吃早餐，早餐是一日三餐中最重要的，它的地位就好像是诸葛亮之于刘玄德，我笑他，说他捡个破垃圾还能想出个典故来，他却说他也是尽自己一分力量，鼓励大家都来关注环保，校园里的环保同样是不可忽视的，那一刻，从他的眸子里，我看到了什么叫作责任。

(6)

其实，我一直不是一个称职的女孩，因为我竟然不知道他害了如此大的重症，后来我才知，他只瞒了我，直到那天上语文课时，我看到他的脸上淌满了汗，身上也突突地跳得厉害，我说："你怎么了？"他示意我不要妨碍大家听课，我看到他的眼泪在眼眶里闪烁着，然后，我看到了他无声地摔在地板上，然后，我听到了眼泪摔碎的声音，他跌倒在课堂上，有人哭了，是张小鸽，然后是班主任哭了，我紧紧地抱住他，不让他走，而他，却永远地飞走了，飞过了流年。

我认真地打了自己的脸，为自己的无知，为他的欺骗，我居然不知道他从进校的那天起，就是一个与死神搏斗了近两年的人。

第二年，我考上了大学，全班一个不少，唯独差了他，我读的是文学，他说过的，我在文学方面很有天赋，我没有忘记，我会用一生的时光追随自己的梦想，因为他告诉过我，他喜欢阳光。

现在，我才知道他为什么如此坦率地接受了我对他的爱，还有张小鸽，她告诉我，好想告诉你，但他不让，他说我太脆弱，脆弱的女孩子容易神经质，还说这样的女孩有福气，会有一个好男孩爱我一生的，我好想告诉他，我好想找一个像他一样的男孩子。

现在，我依然喜欢叮嘱大家捡拾校园里的垃圾袋，依然会暑假时跑到那座敬老院里拾掇自己遥远的回忆，依然喜欢痛哭，痛哭之后告诉自己要坚强，依然喜欢听刘若英的歌。

人这一生中，总会有许许多多值得留恋的过往，但我依然没有遗憾，因为在我如水一样的生命时光里，有个聪明的天使曾经存在过，他早已经上了天堂，星光灿烂中，有一个男孩子曾经左右过我的逝水流年。

第二辑
温暖的心愿

父亲打了母亲，母亲走了。父亲也去了远方，他不要我和奶奶了。奶奶每天都上山去砍柴，然后卖到几十里的山下。在晚上，奶奶害怕冻着我，把仅有的一床被子盖在我身上，我醒来时，总会看到奶奶蜷缩成一团，所有的被子都盖在我的身上。我的心愿并不算伟大，我只愿自己是一床温暖的被子，盖在奶奶身上，这样，她就不会再冷了……

那只会漏的水壶

那一年，我正是大大咧咧的年纪，学期结束参加考试前，由于没有什么经验，我一口气喝下了三瓶可口的汽水用来解渴，于是乎，要命的事情便发生了。

没坐下 15 分钟，我就感觉肚里的养分有些过剩了，接下来，肚子开始挑战大肠，大肠一股脑儿地将垃圾扔给了膀胱，膀胱便将问题反映给了我，我有心起身去解决棘手问题，但一抬头，看见了那个比冬天还要严酷的班主任掐着腰站在门口擦着汗水，我不敢声张了，因为班主任考试前已经三令五申，考试期间原则上不得有其他应急情况发生，否则会影响班中同学的考试情绪，所以，如果有状况的话，就提前解决，而当时，由于我的自负，错过了一次"提前开花"的良机。

实在憋不住了，年纪轻轻的我终于一发不可收地排了出来，我的脸红红的，虽然没有同学发现我的板凳腿开始"抗洪"，但天生内秀的我还是将头埋得低低的。

班主任以其敏锐的眼光发现了我的"班内制造"，他小心翼翼地来到我的身边，顿了一下，好像在确认某种事实的存在，后来，等到证实后，他转身出了教室，不大会儿，他拎着水壶走了进来，走到我的身边时，水壶却突然漏水了，莫名其妙的，就好像电视里演的一样逼真，水壶里的水喷了我的一身，包括原来已经潮湿的板凳。

他猛地一怔，抱歉地对所有的目光说道："不好意思，我想给教室里洒些水，结果水壶却是漏的，淋了这位同学一身，我向大家道歉。"

他拉着我的胳膊离开教室来到他的办公室里，他拿起一条宽大的裤子交给我，我换上它，虽然有些不合身，但我的心里却感激得要死，到了教室后，同学们没有拿白眼的目光看我，相反的，还有人在用微笑安慰我，让我赶紧答题。

当我还给他裤子时，他狡黠地望着我，对我说："以后水壶里的水少装些，多了会漫出来的。"

我脸红的像彩虹一样，他笑笑，"没关系的，我小时候也尿裤子。"

那堂考试是我生命中最华丽的经历，直到许多年后，我仍然清楚地记得班主任老师的幽默和宽容，他用一个会漏的水壶，挽救了一个少年纯真的人生尊严，我会感激他一生。

宽容是种最简单的爱

我放在办公室课桌上的一串葡萄不见了,这令我十分恼火,我绝不是吝惜那一串葡萄的价值,而是觉得我一年多苦苦树立的尊严在那些孩子的眼里分文不值,我真后悔让他们借我的办公室做排练,我在脑海里仔细地搜索着那十几个孩子的形象,然后,我的目光一个个定格在他们的脸上。

我在课堂上放肆大声地向他们吆喝着,从未有过的嚣张气焰,好像是谁不小心惊痛了我苦熬多年的青春,我说:"我对你们是信任的,知道吗?可你们对我的尊严却不屑一顾,我借我的办公室让你们做排练,是想让你们找一个僻静的场所好好地准备比赛,可你们,居然将我办公室里放着的一串葡萄拿走了,你们有勇气承认吗?是谁吃的,快告诉我,我要好好地处罚他。"

我神经质地质问他们,他们一个个站起身来,低着头,真的像犯了错误似的,他们没反应,我赌气推门出了教室。

后来想想,觉得自己有些可笑,不就是一串葡萄,至于吗?哪个孩子不曾犯过错误呀,重要是能够原谅他们,更不能拿一节课不上作为赌气的代价呀,我有些脸红地想回教室,但一想到既然自己已经决定的事情,哪怕是错误的也不能随便更改,否则自己的脸面何存?

第二天,我到办公室时,突然看见课桌上一大包的葡萄,晶莹透明的葡萄，它们被裹在塑料袋里，旁边一张信纸，上面这样写着：对不起，老师，是我们不小心吃了您的葡萄，当时我们排练觉得有些口渴，未经您的同意便动了您的东西，是我们不好，请您原谅我们，我们全体同学等您为我们讲课，请您千万不要生我们的气，如果您一走，我们就失去了一位好老师。后面是十几位同学的签名。

我感觉眼睛有些酸涩，为他们道歉方式的别致，同时也为他们的天真纯净，我将那些葡萄搬到了班里，请大家一同享用这世上最令人感动的美味佳肴。

几天后，我感觉教室里一股酸腐的怪味道，便四处查找，在课桌与墙的角落里，我发现了我的那串葡萄，它正中规中矩地躺在地板上发着酵，我突然间无法控制自己的眼睛，我的天哪，我错怪了那些可爱的孩子们，我该如何为自己的任性埋单。

是哪位名人说的：教育没有情感，没有爱，就等于池塘里没有水。

我一直谨小慎微地维护着自己复杂、立体和多角度的尊严，却突然间发现，原来是这世上最简单的爱竟然叫作宽容，我的学生们，用一种别样的爱宽容了我，我该拿什么还给他们。

那串令我愧疚的葡萄，让我温暖、纯净、洁白，让我用尽一生去好好地收藏。

他使我成了天使

我依然记得那时的我木讷、内向、孤独，我常常伏着头想自己的少年心事，没有人会在意我，因为我的位置，因为我的默不作声，因为我脸上那道难看的疤痕。开始时，会有人在意我的存在，但时间久了，所有人会将我作为一道固定的风景收藏在他们视而不见的眼眸里。

直到那个叫尔东华的男生来到我们班，我们班的班风开始逆转，他调皮、开放、爱捉弄人，班里所有的人，除了我以外，几乎无一幸免，就连老师，有时候拿他也是无计可施，所以，我难逃一场劫难。

故事发生在那天上午的图画课上，有人在黑板上贴着许多张画，我的位置在最末，又是天生的近视眼，家里贫穷，我没有配眼镜，所以，看黑板上彩色的一片，图画老师进教室后发现了这个秘密，他开始努力地审视黑板上的那些画，眼神中居然隐藏着一份惊喜，他回过身来问："这是哪位同学的画，能告诉我吗？"班里鸦雀无声，图画老师又问了一遍，尔东华站起身嬉笑着说道："是荆华同学的，她很有绘画的天分。"

是我的吗？我感觉脑海里被人打了个水漂，我定睛仔细看时，那些画果然是自己的，我伸手向抽屉里摸时，我平时画的那些美术画没有了踪迹，这个可恨可恶的尔东华，居然出我的洋相，将我偷偷信手涂鸦的草稿贴到了黑板上，我不知如何是好，听到老师点我的名字，我的屁股像有个弹簧一样的弹了起来，然后又坐了下去，我满脸通红地不敢高声语，盈耳的尽是嘲笑声，有人说我是个丑小鸭，有人说我丑女居然能画出如此好的作品，我恨不得痛哭一场。

看看周围的场景不好收拾，尔东华忽然一脸严肃地说道："大家不要吵闹，试问大家，谁能画出如此美丽的风景，你们有资格笑吗？"

图画老师制止了大家，他说道："我没有想到，荆华同学居然有如此的天赋，我们鼓掌欢迎荆华，用我们的真心欢迎她到讲堂上来，为我们现场做一幅画好吗？"

台下是热烈的掌声，我第一次受到如此的礼遇，我有些难为情，不知如何迈动自己的双腿，我分明感觉泪水流满了脸颊，我分明听到尔东华大声鼓励我上讲台，我分明听到自己十四年的青春年华像小河一样晶莹地流淌，从未有过的舒畅、美丽。

我在黑板上画了一个美丽的女孩，她低着头正在思索着人生，所有的人给我画作的评价是：逼真、传神、惟妙惟肖。

从那天起，我感觉自己掩藏多年的才华和自信像滔滔江水连绵不绝，又像江河泛滥似的一发而不可收，我的成绩在很短的时间里一跃成为班里的前三名，我开始昂着头看所有的人。

许多年过去了，我依然记得尔东华那狭促的笑容，不管他当时的目的如何，是为了出我的洋相也好，或者是真是为了帮我也罢，我真的应该感谢他，因为是他，使我在一瞬间成了天使。

那些透明的关切，别样的芬芳，是如此的美好，仿佛一枚微笑，它就别在生命的枝头。

一步一爱一天涯

(1) 三月桃花香

2012年3月13日，阳光分外妖娆，桃花肆无忌惮地侵占了整个校园。就在当天下午，叶小茜的鼻子不停地流血，我紧张兮兮地像一个做了错事的孩子，就好像半年以前，自己与叶小茜化敌为友时那样的如临大敌。

不仅是我，整个教室里风声鹤唳：老师匆匆忙忙地叫来了校医；为了一朵卫生棉球，我与同班同学，像两只箭一样射到了校园外面。与生命相比，所有的努力恐怕也只是苍白无力，在此之前，我们都听说了叶小茜得白血病的消息，我们怜悯而又无奈，我们将她保护地严严实实，生怕她有一丝一毫的伤害，若是邻班的哪个同学对她不屑一顾，全班会倾巢而出，不过是为了讨回一个公道。

叶小茜却于第二天，谈笑风生地出现在大家面前，这样的场景让我们稍微有些安慰。

但当天傍晚，我却意外地得到了另外一个消息：

叶小茜的病情在加重，她强撑着来到校园里，不过是为让大家心安而已。

我想到了半年以前，那场遭遇战，一向要强不服输的我，生平遇到了第一个致命的对手，为了一场演讲比赛，我们两个人明争暗斗，结果是互相攻讦，恶语中伤，在表演赛的最后一天，我们两个人竟然在校园的黑板报里大骂对方，整个校园里绯闻一片，我们没有进入正赛，就由于思想品德不合格而双双败北，那一阵子，我们都有一种惺惺相惜的感觉。

两个年龄段相仿的女孩子，情投意合，不消几日，便握手言和，把酒言欢了。

(2) 六月飞雪

这是我第一次走进叶小茜的家。她的母亲，热情地迎接我。每逢来一个客人，叶小茜总会将客人的名字记在墙纸上，那上面，密密麻麻的结果告诉我，已经有无数名好友来过，而我，有幸成为第100名。

我有些不知所以然，早该来的，不知道如何表达，只是看着她，她笑了笑，伸出了手，那一刻，所有的不快，早已经烟消云散了。

一周后，我意外地接到了叶小茜母亲打来的电话，说她的女儿失踪了。

来不及思量了，来不及请假了，叶小茜已经一周没来上课了，大家十分担心她的安危。我冲刺般跑进了她的家里，她的母亲，那个极有修养的女士，手足无措，她的孩子，生生地消失在这个城市里。

我动员了所有的人寻找她的下落，午夜的街头，电台、电视里到处播送着关于叶小茜的消息，午夜的出租车，以一种凌厉的姿态细数着我们的焦急。

听说东街发了命案，我差点昏厥，赶到时，虚惊一场，不是叶小茜。她的母亲，像个孩子似的偎依在我的怀里。

(3) 八月桂花香

到底还是捕捉到了她的消息，失踪一周后，我的QQ上，意外地看到了一张熟悉的笑脸："我在异城呢，出走散散心，却忘了跟妈妈说了。"

我将她数落得体无完肤，我用了生平最刺激的字眼来表达我忧伤的心情，我说："你是一个人生活吗？你的单亲妈妈，快疯了，班主任老师几日没有合眼，还有其他同学，特别是我，我哭得都快没有眼泪了。"

那边，是长久的沉默。

我得到了母亲的允许，我要去异城寻找叶小茜。

我知道她其实是不想再服药了，更不想用每周的住院来延续自己行将完结的生命，她只是想旅游，散心，游玩。

终于遭遇了她，她满脸苍白，手中拎着大把的塑料袋子，身后跟着3个妇人，她们感谢她的帮忙。

"每走一步，就是一个天涯，一步一种善良，日子不多了，也许，善是我留给世界最后的礼物。"

我们没有头绪地向西部进军，没有目标。每路过一个城市，我们总会帮助无助的人群：我们会在傍晚的火车站里，义务为人倒热水；还会帮助迷路的孩子，冒着自己迷路的风险送他们回家；更会因没钱吃喝了，像两个乞丐似的向有钱人乞讨，博得他们的"红颜一笑"。

但到底，我们在那年的8月，赶到了新疆，看到地大物博，也看到了蓝天白云，感到活着真好。

(4) 十月菊花香

还是遇到了危险，两个歹徒，跟踪我们已经很久，终于，在我们帮助完最后一位老人时，我们被两个麻袋套在脑袋上面，然后被扔在卡车后面，前面是两个家伙无情的口哨声。

我大叫着，叶小茜却出奇地冷静，她小声告诉我："伺机逃走。"

我们挣扎着从车上摔了下来，我摔破了额头，叶小茜也摔得浑身是血。

在第二天早上,我们终于找到了一条正道,却意外地发现了那辆卡车,车掉进了山沟里,两个家伙奄奄一息。

周围没有人,救与不救,全在一念之间,面对两个对我们穷凶极恶的人,我们选择了施救。

救护车半个小时后才到了出事地点,一个家伙终于醒了过来,对她连连点着头,我知道,他良心未泯。

金秋十月,漫山的叶子飘散,我说:"我们回家吧,你妈妈一定是满头华发了。"

叶小茜回答我:"是呀,该回家了,不过,我留了一封信给妈妈,我是她的女儿,她会原谅我的。"

(5) 腊月梅香

梅花盛开时,叶小茜刚刚从病床上苏醒过来,墙外的红梅,以一种报春的气势讲述着它在这个世界的特立独行。

我告诉叶小茜:"你终于挨过了又一个冬天。"

我们没有哭,哭是失败的代言人,有时候,面对挫折,兴许笑着,才是最好的面对方式。

叶小茜依然会拖着病体,帮助那些重症的病人,当那些家属们,知道这是一个重症患者时,他们声泪俱下。

叶小茜不哭,她只会笑,笑容满面,如春风般地宜人,冬天已经快要过去了。

日子如水,青春无涯。

时间并没有判叶小茜的死刑,而是用一种骄傲的方式唤醒了她的重生。

叶小茜动了手术,她像一枚琥珀,被雪藏了好久好久,但终于,在另外一个梅花醒来的冬日，她重新回到了我们身边，当时，掌声如雷，经久不息。

这世界是由脚步组成的，再长的路，长不过腿，再高的山，高不过身。

一天一步，一爱一笑，一嗔一闹，一天涯。

我就是爸爸的腿

青华的妈妈走了,青华知道,妈妈迟早要走的,自从爸爸遭遇车祸失去一条腿后,青华妈妈的态度大变。妈妈自幼渴望享受物质化的生活,她走时,曾经一度带走了青华,但青华执意不肯走,两次逃回来为躺在病床上的爸爸煮饭。妈妈能够照顾自己,可是自己一旦走了,爸爸将如何活下来?

青华自幼与爸爸关系融洽,她十分讨厌妈妈的所作所为,因此,从一开始,她便站在了爸爸这边。

青华的学习成绩不太好,但自从爸爸卧床、妈妈离开后,她便废寝忘食,在班上认真听讲,在课间跑回家里张望爸爸,生怕爸爸有任何闪失。

爸爸曾经轻生过,好在青华发现及时,救了过来,青华对爸爸说道:"你走了,我绝不苟活。"一句话,永远地断了爸爸的轻生念头。

有一天,青华去异城为爸爸买一种贵药,竟然看到了母亲。母亲依然一个人生活,她倔强的性格,天下没有几个男人愿意接纳她。

青华知道了她的地址,于一周后,她给妈妈写了信:

妈妈,我相信,爸爸一定会有腿的,相信这世上有奇迹发生,如果爸爸有腿了,你能回来吗?爸爸做梦时,老念叨你的名字。

妈妈看到了信,一阵惊喜,但她没有回信,她心中只是念着自己的女儿,一想到家徒四壁，她便哀怨命运不公。等女儿长大人，也尽过孝了，一定让她离开那个是非之地。

两月后，青华又写了信，信中这样写道：

爸爸现在生活乐观，每天关注我的学习，他是个好爸爸。

妈妈看到这儿，心中有一种酸楚，因为这个时候，另一个发誓爱她一辈子的男人，正向她发动攻势，差一点两人就暗度陈仓。

妈妈抽了个空，她化了很厚的妆，去了原来的家。

青华出去了，她看到了坐在床前的男人，右腿依然空空如也。妈妈心中笑了：傻丫头，腿怎么可能再长出来，一句玩笑罢了。

她丢下了一些钱，算是一个陌生人的怜悯而已，男人好像发现了什么，说什么也不收她的钱，而她则绝尘而去。

青华站在异城的大街上，她是来卖服装的，她想为父亲安装一条假肢，而这需要巨额的费用。

青华一边卖衣服，一边瞅着熙来攘往的人群，她相信：人群中一定有妈妈的影子，她依然念着自己，还有可怜的爸爸。

此时此刻，青华的妈妈刚刚从另外一场失恋中苏醒过来，那个发誓爱她的男人，没有几个回合，便败下阵来，敛了本属于自己的钱财，逃之夭夭。看来，这世界上，最不该相信的就是男人的嘴与身。

又收到了青华的来信，这已经是孩子写的第50封信了，青华已经上高中了，而爸爸呢，也可以自己照顾自己，每天为青华做喜爱吃的饭与菜，爸爸利用业余时间，编织箩筐，这种工艺品，远销东南亚等国。

青华大学毕业那年，给妈妈写了最后一封信：

你既然心已死，就不必牵挂任何人，当年的车祸，是一个永远的秘密，但愿你能够照顾好自己。

青华的妈妈身体不好，近日一直绝望至极，心中忐忑不安。

十几年来，青华终于收到了妈妈的唯一一封回信：

孩子，不是妈妈不想回家，十几年前，妈妈就被诊断出来得了绝症，可命运弄人，竟然苟活于人世间，我是不想连累你们。

青华的眼睛湿润了，本来，她是想亲口告诉妈妈车祸的真相，现在，恐怕也多余了：

十余年前，车祸发生时，青华妈妈正在中巴车上沉睡，醒来的父亲在最后一瞬间，用身体挡住了她。父亲三缄其口，没有告诉任何人，但却在睡梦中吐露了真相。

青华妈妈回家时，发现了青华爸爸可以走路了，笔直的身躯，就好像他们初恋时一样的潇洒。

"我就是爸爸的腿。"青华说道。

"我也是。"身后，一个年轻的小伙子站在他们面前，他叫苏生，是某医学院的高才生，正是他，为爸爸安装了假肢。

四双手紧紧握在一起，这辈子永远不会再分开。

一千次赞扬

他执着地坐在地铁站里，胡琴是他的全部，周围的人群纷纷漠视于他的表演，尽管他十分卖力，但他却没有获得过一次掌声与赞扬。

他与自己的继母关系僵持，父亲病逝后，将他托付给了继母，但他恨她，如果不是她的出现，恐怕自己的生母也不会郁郁而终。在父亲生前，他们曾经找到过他，让他回到家里，继承家里的衣钵，但他不肯，他恨透了像父亲与继母这样的世间男女，他只喜欢拉胡琴，他希望有朝一日，自己可以飞黄腾达，靠胡琴养活自己，并且出人头地。

他曾经在音乐学院的门口逡巡过，但昂贵的学费让他望而却步，因此，每天傍晚前后，他便守候在樱花路地铁站口，这儿，成了他的全部希望。

一个年轻的女孩子，走近了他，驻足片刻，认真地倾听着，随口告诉他："真不错。"

一个陌生人的关爱，让他突然间有如醍醐灌顶，一种从未有过的自豪感油然而生，这是他平生听到的第一次赞扬，虽然出自一个陌生人之口，却让他泪流满面。他换了曲目，而那个女孩子，则一步三回头地进了地铁站口。

令人奇怪的事情发生了，走进地铁站的每个人，都会停下来十几秒钟，认真地听上他一段曲目，他们路过他的身边，总会告诉他："不错，孩子，继续坚持。""可塑之材。"……

那个晚上，他住在出租房里，暗暗地夸奖自己，那种消失殆尽的自信重新回到了身边，以前，他懈怠过，曾经差点摔碎了胡琴，但现在，他决定坚持下去。

还是那个地铁站口，他还是会听到许多赞扬之声，有些老年人，自备了一张小板凳，竟然坐在他的身边，欣赏他的琴声。

因此，他格外地卖力，悠扬的琴声宛转、悠扬，许多人驻足倾听，在这样一个冷漠的地铁站里，在这样一个凄冷的寒冬，他的琴声，为无数人带来了愉悦。

半个月后，一个中年人路过他的身边，然后直接进入地铁站里，可是，不大会儿，他折了回来，他打断了他，问他："你愿意到我的酒吧里去演奏吗？我是酒吧的老板，正缺少传统音乐人。"

第二天，地铁站里不见了那个风度翩翩的少年。

他在酒吧里上班，工作十分快乐，这儿的氛围正是他可望而不可即的，他以前去一家酒吧应聘过，却没有成功。

继母过来看望他，为他带来了他爱吃的饺子，他对继母没有好脸色，不仅泼了冷水，而且对她倍加奚落，继母一脸无奈。

继母还不走，他发了火，老板却走了过来，十分殷勤地邀请她。

他呆住了，老板却语重心长地说道："你有这样一位母亲，应该好生善待才是，你在地铁站里拉琴，而你的母亲，则在地铁外面发传单，传单上写着，她请求所有路过自己儿子身边的行人，能够片刻驻足，夸奖一下自己的儿子，正是这份真情，感染了我。人的才华固然重要，但人的情感比才华更重要，一个不懂得感恩的人，永远无法取得真正的成功。"

他才知晓：母亲发了1000份传单，而他也受到了1000次来自陌生人的夸奖，正是这种赞扬，让他信心倍增，正是这种含辛茹苦的养育，让他赢得了众人的关注。

微微善，涌泉回

她之所以生病住院，完全是因为失恋，苦恋多年的他，跟随另一个有钱的女子逃之夭夭，留给她无尽的怅惘与绝望。

一个人在城市里打拼，亲戚远在故乡，她平时没有多少朋友，以前为了恋爱，将几个过命的闺友全抛到了九霄云外。

护士要求她找个陪护，因为她的体质弱，连上个厕所都需要人陪同，她一下子哭了出来。

一个小姑娘，隔着门上的玻璃惊奇地向里面瞅着，当小姑娘确认她是认识的熟人后，推门走了进来，而当时，她正试图一个人上厕所，却摔了一跤。

小姑娘三步并作两步地跑过来，将她搀扶起来，她来不及感谢，兴许是好心人而已。

重新回到床上后，她发现这个小姑娘模样如此熟悉，她有些青涩，内向不敢说话，只会笑。

"姐姐，是我呀，孟鸽，你捐助过我。"

她如梦方醒，那是一次无意中的善举，她到乡下去踏青，偶遇一个小女孩，脏兮兮的脸，她想坐大巴，但身上的钱却被贼偷走了，当时，处于热恋中的她大发善心，几张百元大钞硬生生地塞进小姑娘的口袋里，她感激涕零。

她有爱心，以前曾经信誓旦旦地想过做公益事业，但由于这份沉甸甸的爱情，扼杀了她的许多思想。没有想到，自己一个无心的善举，这个小姑娘竟然铭记在心。

孟鸽说道："姐姐，我爸病了，在隔壁房间里，你有事情就叫我，我给你送饭。"

想拒绝，却感到无助，一种莫名其妙的感动萦绕心间。

小姑娘却上了心，每隔1个小时，她便会推门而入，问她是否有需求？

早饭是小米粥，她打来的，一半给父亲，一半送给她；

午饭是鸡汤，小姑娘在同学那儿煲的，她与小姑娘的父亲，每人一半；

晚饭也是小米粥，养胃，营养。

她觉得于心不忍，便拿出了1000元钱，送给她，小姑娘说什么也不收，她则不依不饶，最后，小姑娘只抽了200元当作买饭的费用。

小姑娘每天都过来，给她讲笑话，她才知道：小姑娘家在农村，父亲是矿上的工人，在一次意外事故中，摔断了腿。

"等我病好了，我一定去看他。"她这样安慰小姑娘，小姑娘点头表示感谢。

离她出院的日期还远，小姑娘坚守着承诺，一日三餐，坚持为她送过来，正是小姑娘的及时出现，她感到春风满怀，原来在这世上，自己并不孤单。

她出院了，几个好友刚刚知道消息，忙不迭地过来接她，进来便数落她的无情，让她以后用情小心些，不要随随便便浪费自己的青春与感情。

她想到了什么，推开了隔壁房间的门，并没有看见小姑娘，问护士："孟奖是在这儿住院吗？"

护士回答道："一周以前，他就出院了，那个小姑娘，为了照顾你，每天过来为你送饭,她知道你今天出院,今天早上送完最后一顿饭后,她才回了家,她临走时告诉了我真相,真是个好姑娘。"

她感动地热泪盈眶,最后一周时间里,小姑娘为了照顾她,竟然编了一条彩锦般绚丽的谎言,其实,小姑娘的父亲在一周前就已经出院了,为了不让她孤单,小姑娘却说父亲的出院时间在下个月。

轻微善良,竟然得到涌泉般的回报,她下定了决心:做公益,要做到底。

错误是逝水年华里的关键词

(1)

我的家境阔绰，且又才气逼人，少年时就获得过无数奖项，自然而然，在整个校园里，由于我的家境、名气与华丽的衣饰，我成了众人眼里的宠儿，就是连校长见了我，也要恭敬三分，不然，我的父亲，可能会去掉一大部分对于学校的资金赞助。

女孩子的傲气是与生俱来的，公主是用来宠的，因此，不可一世的我对班里的每个同学都不屑一顾：别人埋头苦读时，我则会蹲在榕树下面，看蚂蚁打架；别人对我的成绩怀疑时，我则喜气洋洋地捧着年级第一的成绩单大摇大摆地走过他们面前；不仅如此，音乐课上，我也是出类拔萃者，王菲的歌，我模仿得空灵入云；几个电影片段里的对白，我演绎得也是惟妙惟肖。老师将我当成了宝儿，每一次才艺大赛上，都有我的身影，而我总是让他们心悦诚服。

班里有一个叫杜超的男生，眼镜近视600度了，他的成绩老是屈尊于我的名下，第二名成了他的常态，他一度想超越我，但是眼镜度数快上升到1000度了，在月考中仍然不幸败北。

其实，他们不知晓，我是个要面子的女生，虽然在他们面前肆无忌惮，但在家中，我却是个乖乖女：我会帮助妈妈洗衣服，更会在厨房里大展厨艺，我更会让房间的灯亮到天明,通宵达旦地补习自己落下的功课,每晚的艺术课,也成了我的必修,钢琴需要提高水平,绘画我不能败北,为了补上自己的弱项——体育,我竟然每天早晨绕着护城河长跑,直到自己疲惫不堪。

所有这一切,铸就了我为所欲为的资本。

(2)

与他们正面交锋的机会并不是太多,但我十分珍惜与他们对峙的时间。杜超便是其中的一员,我常常找他的茬儿,有时候是莫名其妙地跑过去,对着他大吼一番,而他则回过头来,不卑不亢地回敬我:"小姐,更年期提前得太早了吧。"

无语泪先流,我要处罚他,让他知道得罪了我的下场。

我运用关系,将杜超参加校培训课的机会给取消了,这虽然花费了半天的时间,但是当我看到杜超坐在板凳上发呆时,我心如蜜。

杜超终于知道了端倪,站在课堂前,与我争吵:"这学校已经没了公平,凭什么让一个丫头片子逞能?"

我则义愤填膺:"你自己不好好把握机会罢了,是自己无能,别怪学校的老师。"

班主任终于对我忍无可忍了,我站在她的面前,这个博士生对我的行为早已有所不齿,她指着我的鼻子训斥:"你可以去告我,我知道你有大后台,但是我警告你,你这样做,对他人不公平,对自己也是一种伤害,你早晚有一天,会为此事付出代价的。"

我没敢将这件事情告诉父亲,一向娇惯我的父亲,一定会为此事而出头的,而我则不想给太多人带来致命的伤害,因此,一段时间里,我学乖巧了。

(3)

江一曼是个侦探小说迷，我曾经试图与她交好，因为她有着与我一样逼人的才华，她健谈，且属于唇枪舌剑的那种。她可以一个下午不停地说，直到说得日月无光，旁边所有的男生不堪一击，因此，我对她有些忌惮，在整个班级中，她是我唯一佩服的女生。

但她却对我表示反感，我接近她，主要是想研习一下侦探学。她曾经帮助警方破获了校园里的一起失窃案，声名鹊起，电视台请了她去讲经历，她侃侃而谈，她衷心感谢班主任对自己的提携，包括数名同学对她的鼓励，而这其中，唯独没有提我赵小渔的名字。

在放学回家的路上，我骑着豪华的赛车，追上她，她发觉我的跟踪，将自己破旧的自行车速度提到了极限。

我下决心与她竞争到底，因此，我策划了一场足以"惊天地泣鬼神"的案件。

周一到学后，大家竟然意外地发现，教室后面的钟表不翼而飞。

调看了录像，无果，教室的门窗完好无缺，只有两把钥匙，一把在班主任手中，另一把，则归江一曼保管。所有的焦点对向了江一曼，我大喜过望之余，却突然间发现了杜超失望的眼神。

(4)

无须报案，班里有神探江一曼，何况她难辞其咎，破案也是她分内之事。

半个月时间，毫无结果，但当天夜里，钟表却离奇地回到了原来的位置上面，其情其景，如鬼魂作祟。门窗依然完好，再看学校的录像显示，也没有任何人进入我们这个班级。

班主任一筹莫展,而我则喜不自禁。

他们哪里知道,我是命令矮小子杜超做下的蛊,杜超并没有回家,而是沿着水管爬到了二楼,开了窗,用一根竹竿,轻而易举地将钟表窃取后,扔到了学校的后花园里。

杜超之所以对我言听计从,是因为我答应了他:给他一次考取第一名的机会,而这个机会,对于他来讲,简直就是千载难逢。

江一曼果然找到了线索,由于身体不舒服,我请了两天假,回到校园里,竟然知道了杜超被勒令退学的消息。

事情闹到这种地步,已经超出了我的控制范围,我不知所措,欲哭无泪。好在杜超并没有出卖我,承认是自己所为,是一场恶作剧罢了。

我终于找到了江一曼,一杯茶,两个人交了心。

江一曼早就知道了事情的原委,她只是在等候我的到来。

(5)

第一次,我在班会上向大家承认错误,由于激动过度,加上台下对我讽刺的掌声过于激烈,我晕倒了。

医院里,江一曼与杜超,像两个孩子似的痛哭流涕,对着身后的同学们大吼着:"都是你们,不掌握一个度,赵小渔是有错,但是她需要尊重、理解。"

病床前,除了我的母亲外,日夜陪伴着我的,还有江一曼。

江一曼成了我的好姐妹,我们到了无话不谈的地步。

一场病,竟然因祸得福,换来了一个知音。

同学们三三两两地来看我,以前我得罪过的,以前对我横眉冷对的,均在这一刻，一笑泯恩仇，了结所有的恩怨。

我写了一篇作文，得到了老师的首肯，在班会上朗读：

错误是逝水年华里的关键词，感谢所有的不快与快乐，让我们可以继续待在一起，度过难得的美好的少年时光，原谅与抱歉，已经无法表白内心的情绪，愿友谊之花会长开，让我们加油吧，明天属于我们。

眼泪早已经汇成江河，台下的同学们，站起身来，为我热烈地鼓掌。

台下没有一个人

　　杰克是个残疾的孩子。在一次意外的车祸中,他失去了左臂,对本来内向的他来说,更是雪上加霜,于是,他更加自卑和不善言辞,他甚至早早辍了学,将自己少年的舞台梦想埋藏在心灵深处。

　　其实杰克喜欢表演,曾经想当一名演员,在未曾出事之前,他是学校少年话剧班的成员,许多老师惊异于他良好的天赋。

　　查尔斯老师走访了他的家,他的母亲,对他疼爱有加,与老师一起鼓励他重新站到舞台上面去。

　　杰克勉强答应了,当天傍晚,简易的舞台下面,杰克未曾上台,便大哭起来,接着全身出现了抽搐现象。

　　校医闻讯而来,经过检查后发现:杰克得了严重的自闭症。

　　无异于晴天霹雳,杰克的母亲痛不欲生。

　　杰克不得不到医院接受治疗,除了昂贵的医药费外,他每天都在恐慌与无奈中度过。

　　母校需要去打工,以此来养家糊口。杰克喜欢一个人独坐,一坐便是一整天时间。杰克每逢独处时,便起来翩翩起舞,虽然失去了左臂,但他有良好的天分,加上有表演方面的基础,惟妙惟肖的表演,惹的树上的鸟儿也禁不住驻足欣赏。

　　一次，母亲中午回家时，意外地发现了这件事，她喜出望外，但没有敢打扰他，而是将喜讯告诉了查尔斯老师。

　　查尔斯老师觉得这是个好的兆头，他利用业余时间，频繁接触少年杰克，两个人的交流多了起来，直到半年时间以后，杰克才敢在查尔斯面前展现自己的才华。

　　查尔斯租用了学校的礼堂，每周六的晚上，便成了杰克的专场。帷幕拉上了，偌大的舞台上面，只有杰克与查尔斯两个人，杰克模仿着电影中的各种声音，还煞有介事地演唱几首好听的歌曲，查尔斯总是认真地观看，并报以掌声，为他指点迷津。

　　年末的晚会节目单上，大家发现了一个惊人的消息：杰克重出江湖了，他将表演自己拿手的话剧。

　　杰克刚刚得知消息后，不敢上台。学校的礼堂内，帷幕依然拉上了，查尔斯告诉杰克：台下没有一个人，依然是你的专场。

　　杰克像吃了定心丸，他认真地演出这出独幕剧，在剧中，他饰演了不同的角色：一个乞丐行乞，一只小狗与人的对话，一朵花儿怒放时的表情。

　　杰克入了戏，仿佛自己成了主人公，他饱含着热泪将整幕剧演完。

　　刹那间，台下响起了雷鸣般的掌声，帷幕拉开了，台下座无虚席，所有的观众们，屏气凝神静听，他们在查尔斯老师的示意下，以鸦雀无声的姿态支持了杰克2个小时的时间。

　　这是一幕多么感人的场面呀！当杰克得知实情时，与查尔斯老师激动地拥抱，与母亲，还有同学们逐个拥抱，杰克重新找回了那个真实的自己。

　　台下没有一个人，孩子，你不必紧张，相信自己，路就在前方。

我和青青走丢的青春岁月

（1）青青的糖果店和我的小古书屋

我是在一个偶尔的时机发现青青居然也在业余时间开始下海经商，用她的话说，她是要利用晚上的时间弥补一下学习任务之外的一些诱惑，她的糖果店和我邻居，只有一墙之隔，一个大型的巨画横在两间屋之间，好像一道墙将我们隔在两层世界里。

青青的糖果店和我的小古书屋都是晚上营业，我从六点到零点，而她呢，居然也随了我，说是要找个垫背的或者叫同病相怜的人，因此，晚上吃过晚饭时，我们就并肩坐在各自的门口看外面的风景，偶尔用一两句无所谓的话语互相安慰一下失落的学习和惨淡的生意。

她的糖果店生意要比我好，这主要缘于她的内秀，她的细心程度绝对超过两个加号，除了些糖果，她居然开始代卖一些小礼物，而这些，正好符合男女学生的天真思想。

我的书屋呢，以租为主，偶尔也会贱卖出两本纯文学作品，因此，我发誓再不写纯文学，因为，现在的所有人都崇尚爱情和小资情调，土里土气的东西，酸酸的，没人爱看。

青青望着我，用一句话对我进行了褒奖：对，所有的人，包括文人也需要与时俱进的，要写出符合时代和年轻人的作品，你的文章有些酸楚，就好像谁不小心把一包盐和一包醋同时掉进了饭缸里,那味道,没人爱看,除了你自己。

(2) 青青的另一半和我的另一片天空

　　光顾青青的糖果店最多的人,除了我和她本人外,我逐渐发现一个典型的政客式代表,他戴着一副全黑的墨镜,我无法看清楚他眼中的光芒是吉祥还是威胁。

　　从青青的嘴里,我知道,他叫吴一飞,大三的学生,家就在本市住,可谓占据天时、地利和人和,他的家境很好,并且人长得又很英俊,是所有女孩喜欢追逐的目标。

　　吴一飞经常过来帮忙青青照看糖果店,青青对我说的理由居然是一个人太孤单了,所以想找个人一同熬夜罢了,话语虽然说得轻松,但一个人能和另一个人在一起,并且每天至少 6 个小时以上的时间,如果没有感情产生的话,那两人肯定是白痴或者傻子。

　　我的目光始终一步不离地盯着他们的故事进展,一旦那小子做出对不起的青青的不轨之事来,我想,我会第一个冲上去阻拦的,因为我想当使者,护花使者,没有别的原因,也许只是陌路相逢罢了。

　　我的爱情却突然来临,爱爱是比我低一级的大一女生,她喜欢在我这儿看书,并且是不掏钱的那种,对于这样一个女生,我始终没有勇气站起来向她表明自己是小本生意,赊不起的。

　　但时间长了,她有些不好意思起来,经常到门口的米皮店给我打米皮吃,一来二去的,我发现,她开始缠上了我。

　　青青的目光从一个男人移到另一个男人时,我发现她的眼眶里竟然藏满了敌意,就好像我做了什么错事一样,她丢给我一句话,"行啊,几天不见,爱情有进展呀？"

我向她伸了伸舌头，表明我的爱情已经开始运作起来，也算是一种另类高傲吧。

(3) 那个叫作吴一飞的大三学生

那个叫作吴一飞的大三学生，我在业余时间开始搜集他的一些犯罪证据，说是犯罪，实际上是对他身份不明的一种怀疑，闲着也是闲着，通过各种关系，我知道了他的一些底细。

吴一飞是那种喜欢讨女孩喜欢的男孩，在这个年龄段，加上他的多情，这更加重了他的自信和想象力，所以，他开始空袭每个年龄段的女孩子。

据可靠资料，吴一飞现在可能有女朋友三人，分别布局在各个年龄段的各个系，就连隔校的中专部，他还有一个小秘在那里蜗居着，这不由得加强了我的他的不满意程度。

吴一飞经常从青青那里拿礼物，说是买的，其实是要送给别的女孩，而这些，青青只以为是生意场子的事罢了，吴一飞是在帮她卖商品，所以，她从未在意。

吴一飞还会经常给青青出主意说哪些商品有较大的市场，哪些商品接近于现代男女的情怀，我承认，在商场上，他绝对是个成熟的不可多得的人才，青青的生意火爆起来，这不得不归功于吴一飞的正确指挥，而正好与我的门可罗雀形成了鲜明对比，所以，我更加重视此问题的严重性。

(4) 那晚的花前月下

八月十五晚上，我一个人正待在自己的小书屋里无聊的看书，此时月儿正圆，我仿佛闻见了爱情的余香正在远方缠绕着路人。

吴一飞像个幽灵一样踅进了青青的糖果店，尽管他十分小心，还是没有逃出我无所事事的眼睛，我的目光尾随着他走进里间，虽然看不清楚，但我可以把凳子移到门口，这样子，我能够听见他们的谈话。

吴一飞带了许多好吃的，并且说今晚是中秋佳节，要与青青共度良宵，酸酸的话语，可能引起了青青的同情，里面推杯换盏开始痛快地大吃大喝。

我的眼神落到了另一个女孩的身上，因为我已经找到了吴一飞最要好女朋友的手机号码，如果现在，我以一种陌生人的身份发短信给她，会不会是一种一举多得的享受呢？

几分钟后，一个打扮妖娆的女孩，吹着口哨走进了青青的糖果店，接下来，里面传来了骂声和哭声，我分明听见有人在砸东西，有人在护东西，有人狼狈逃窜，更有人在邻屋里暗笑。

说句实话，我真不知自己当时为什么会这么做，出于恶作剧吗？理由不充分，我只是觉得那小子的目光对青青不利，他好像是个情场老手，青青早晚会上他的贼船的，所以，事先，让他们彼此断了这个念头。

从那天起，我再也没见过吴一飞来过，青青好像也失落了许多，眼圈老是红红的，像是谁把红墨水不小心染到了她的脸上。

(5) 从接近书到接近我的爱爱

爱爱还是那个爱爱，每次来时，都会问我今天心情如何，学习还不错吧，有没有什么烦心事，如果有的话，就向我倾诉吧，我说不会吧，小姐，你把自己当成心理专家啦！

她随手将一份调好的米皮放在我的书桌上，然后到书柜的后面东找西寻的，她是在找有没有新到的书，我说，我的书几乎被你窃光了，接下来，除了一个空屋外，就只是我这个人了，看你还窃什么？

爱爱扭过头看我，"谁说的，其实书是要看三遍以上才叫读的，我先看一遍，是熟悉里面的人物场景，再看一遍，弄清楚事物的缘由，最后一遍才能体会到作者的心声的。"

她的确是个书虫子，的确是个很有见地的女孩子，她说爱情也是如此，一开始彼此不了解，要先读一遍草拟一份计划，再一遍你就会发现这个人许多的优缺点，最后一遍，可是取胜的法宝，一定要弄清楚你们之间的优缺点是否可以互补才行。

正说着时，青青却突然进来了，看到桌子上我还未动的米皮，"我正好饿了，借个光吧。"不容分说，三下五除二，吃了个一干二净。

正在高谈阔论的爱爱一时间竟然无语凝噎，空气中有一种很不和谐的斗争之音，为了打破这种不和谐，我说："好的，今晚我做东好了，一会儿去吃大排档。"

青青吃完时，抹了抹嘴，对我说："这女孩不了解你，你不爱吃辣的，却放了太多的辣椒，幸亏有我及时替你挽回了面子。"

(6) 那晚错综复杂的感情

半年后的一天夜里，外面下着大雨，爱爱还没有要走的意思，她正坐在沙发上，捧着安妮宝贝的一本新书痴迷，而我呢，正在享受难得的雨中清闲。

隔壁的台阶有了动静，我看见吴一飞穿着个大雨衣，拐弯进了青青的糖果店。

半年多的时间，这小子又是出于什么目的？我飞快地跑到了门口，然后弯着头向青青的屋里观看。

吴一飞可能是来道歉的，道歉的理由很简单，他以前不知爱情的可贵，总喜欢同时爱着两三个女孩，现在，一切都晚了，他后悔莫及，他希望青青给他一次机会，好让他们的爱起死回生。

　　青青，正在犹豫不决间徘徊，我知道，青青的心是善良的，但越是善良的心越容易上当，被这种外表华丽的人所欺负。

　　我没想那么多，一下子冲了进去，为了掩护我的慌张，我怔了怔，很有礼貌的向他们招手。

　　吴一飞大眼瞪着我，我说："本人姓古，古龙的古，现在是隔壁书屋的老板。"吴一飞说："你先出去，我们正说私事呢？"

　　我说："不会，该出去的人应该是你吧，我可是这里的半个主人，不信你可以问一下青青。"我拉了青青的手，告诉她我正在隔壁做夜宵，一会儿给你送过来，另外，我还煞有介事地对她说，"夜晚了，一定要注意自身的安全，不要让一些不三不四的人进来。"

　　那一夜，我是个出类拔萃的胜利者，青青好像是一个蒙在鼓里的人，随着我的安排做着机械的动作。但是，我没有看到还有一双眼睛在背后盯着我，那双眼，充满了仇恨的心理。

　　我回去时，爱爱早已经人走茶凉了，我只看见一句话丢在安妮宝贝的新书上，"我恨你，该死的。"

(7) 尾声

　　我再一次抓住爱爱时，已经又是半年后的一天了，爱爱长高了，人也聪明起来，我问她："为啥半年多不来我这里做客？"她说："我在等待时机呢？"

　　她忽然问我，"你和隔壁那个姐姐的事情如何啦？"

她的问话使我瞠目结舌，"没那事儿，别开玩笑。"

"不是的，我看人的眼神很准的，你们的眼睛里溢满了爱情，这是我用了半年时间揣摩出来的，你们之间，缺少的正是沟通和理解。"

我不敢看她的眼睛，她接下来说："半年前，是我不好，我丢了两句话在这里，对不起！爱情这东西，谁也留不住，是谁的，藏起来也跑不了的。"

爱爱走后，我忽然想起了那个叫作青青的女孩，相处两年多来，我们多是以同学的身份或者以帮助者的身份在对方面前出现的，真的没有想到会有一天，爱爱的一句话，居然是我心中的最痛。

再见青青时，她正忙着搬家，说是糖果店的生意不做了，效果不好，要一心一意来完成最后一年的学业。我站在那里，不知如何是好，想起两年来在一起的时光，真的有些匆匆，太匆匆了。

就在我们收拾屋子中间时，不知是谁碰了中间的那幅画，蓦地，我惊呆了，竟然有一扇门留在两间房的中间。

我紧抓住青青的手，眼神中都是挽留，原来，我们中间有一道门可以自由进出的，只是我们将彼此交给了空虚的岁月，我们都曾经将青春岁月丢失在自己的梦里，但现在，一切还可以重新开始吗？

一个月后，我们的店铺合二为一重新开张，名字就叫作青青小屋，很温馨的一个名字，来访的人中，爱爱是最显眼的，她高兴地拍着我的肩膀："大哥哥，终于美梦成真了吧，你还得感谢我这红娘吧？"

我说："你是我师傅，以后我专门向你学习爱情问题。"

就这样，我和青青无意中走丢的青春岁月，我们想了个办法，用爱情找了回来，但愿这足以能够弥补生命中的缺憾。

十二月的凌楚楚

(1)

十二月的凌楚楚，已经没有了以往的芬芳，用她的话来讲，她已经失去了纯真年代的萌动，直到她遇见了林皓然，遇见他，她的生活改变了规律。

十二月的冰雪季节里，凌楚楚喜欢让林皓然陪着她躲进地铁站里寻找温暖，林皓然一直不解她的这种诡秘，她却眨眨眼，"这是小女子的秘密，不是所有的人都能讲的，当然，最爱的人也一样，我要为自己保存一份青春时代的记忆。"

林皓然不以为然的样子，显然他对她的隐瞒表示强烈的不满，但他不敢释放出来。

十二月的凌楚楚，充满了忧伤，她搂着林皓然的腰说："人家就是烦吗，不爱躲在家里，其实也没什么的。"

林皓然不知道，凌楚楚躲在地铁站的目的是在等我，当然这种等不是想象中的那种爱慕之等，用她的话来说，她喜欢我的表情和冬天的风骨，于是，她从内心里喜欢带着一个比我英俊的男子站在我的面前，她喜欢这种感觉，就好像她喜欢把自己叫作凌楚楚。

那天，我从地铁站口像一只小猫一样地蹒跚而出，我拖着大包大包的行李，因为我要赶火车去外地出差。林家女子从后面拖住了我的包，然后，我整个人便躺倒在了包上。

我怒发冲冠,想对自己采取行动的人大打出手,突然间,一个男子站在我的面前,吓了我一大跳,正是林皓然,我刚才的张狂消失殆尽,赶紧拾起自己的行李来,准备来个三十六计走为上。

是他的人高马大吓住了我,自小起,我就落下个毛病,看见比自己高大的同类便心生无限恐惧,正是这一点,让凌楚楚抓住了我的弱点,我仓皇逃窜,身后是凌楚楚比鬼还难听的大笑声。

自此,我发誓,绝不娶像凌楚楚这样的女孩子。

(2)

但凌楚楚还是找我来了,她向我借心爱的小提琴,她说每当日暮时分,她的心中会生出许多凄凉,因此,她喜欢在地铁站里歌唱,喜欢那种热热闹闹的气氛,因为那种环境不属于爱情。

我对她不屑一顾,女子是不能学中文的,学了便会改变自己的本质,原本好好的一个女子,只因为好念几首情诗,便学会了无限制无休止的孤独。

从此,地铁站里,凌楚楚拉着小提琴,那琴声令人心烦,旁边,是一个忠实的爱情守护者,我曾经专门去看过他们的表演,很有专业队伍的风采,人们常常围住他们,还有些心存善念的人,会冷不丁地从后面扔进去几张人民币来,他们把他们当成了乞讨的人。

凌楚楚不在意这些,她喜欢这种有意境的生活,她觉得充实有灵感,而林皓然已经无法忍受这种不该有的折磨,他从内心里责怪凌楚楚,放着好好的生活不过,却偏要去摆弄个什么艺术,于是,他们之间有了战争,而战争的导火索便是我的那把小提琴。

他终于无法忍受了，他摔坏了那把我借给凌楚楚的小提琴，当时，凌楚楚正在里屋刷牙，她已经打算好今天的行动，并且有了一种强烈的艺术灵感，她要创作出一首单曲来，献给这个凛冽的冬日。

忽然间，她听到提琴落地的声音，她原本存在的艺术灵感全部消失了，凝聚成了一座按捺不住的火山。

凌楚楚伤心欲绝，任凭林皓然在后面不住地哀求和祈祷，那把琴，成了他们爱情破碎的中介。

(3)

但凌楚楚的思想是非常有分寸的，她考虑了半天，没有答应林皓然和好的要求，她从内心开始讨厌这种男子，因为，在生命的天平上，艺术与爱情有着同样的地位，没有人能够去亵渎一种高尚的艺术行为。

凌楚楚从此便三天两头地找我，让我的小屋里充满了生机。

我原是个十分懒惰的男子，因此，我的时间安排得绰绰有余，但自从这个小女生到后，我的境况便每况愈下，正睡得好好的，梦里还有花姑娘在伴着，一双冰凉的手已经伸进我的被窝里，她冰得我恨不能从被窝里一跃而起。

我说："你个死丫头，不赶紧找个婆家嫁出去，一直赖在我这里不走。"

她说："没人要的，我的命硬，没有人愿意接纳我。"她跟我说起她的家境，说起父母的离异，说起自己从小便性格孤僻，一个人风里来雨里去的，养成了和平常人不一样的生活方式，因此，许多人都在讨厌她，我劝她说："面包总会有的，你是个禅意女子，念禅的人总会有好报的。"

凌楚楚是个骨骼极轻的女子，我甚至听不到她的脚步声，因此，在我说她的身体适合练瑜伽后，她便把我的房间当成了她的练功房，她越发不可一世，让我有些哭笑不得。

十二月的凌楚楚，已经丢掉了原先的痛楚，她已经从冰天雪地里苏醒过来。

(4)

但大学时的同学王路明还是来了，他高高的身材，已经增加了太多的成熟。他来没有别的原因，他跟我说他要追求凌楚楚，他喜欢凌楚楚已经不是一天两天的事了，他说他喜欢她的虚无缥缈，我说："你不适合她，她的心是用水做的，一碰便会化的。"他给了我重重的一拳。

在发过誓言的第二天，他便开始了爱情攻势。我常常摇头叹息，觉得有些人真的是无可救药。

凌楚楚得知消息后不以为然，她说以前追她的男子多了，个个以失败而告终，因为，他们没有一颗禅意芬芳的心，总是到关键时候掉了链子，她说王路明是个好男人，她相信不会失望的。

王路明像个跟包的人一样，天天尾随在凌楚楚的后面，拿行李，搬提琴，他忙得不亦乐乎。地铁站里，人山人海，特立独行的凌楚楚，不顾王路明的劝阻，执着地拉着小提琴，所有的路人都驻足观看。

自此，王路明的苦命日子才刚刚开始，他追求凌楚楚采用的是通常的做法，什么请吃饭了、逛大街了、堆雪人啦，等等，凌楚楚郑重地告诫他，她不喜欢这种没有境界的做法，她只是喜欢音乐，如果可以，他必须先学会五线谱。

这些都是令王路明一看就头疼的东西，他说在上学时，一看见五线谱便走不动路了，他的身体里，爹妈没有给一点音乐细胞。

这种极不合拍的做法自然引起了凌楚楚的反感，王路明手足无措，他摊开双手在我的面前，抱怨世道的难险和女人的难以琢磨。

(5)

那时，我正在绘一幅漂亮的图画，内容是画一个寂寞的女子，正在风中等待。画早已经做了好长时间，只是一直没有起名字，后来，我忽然觉得画里的女子有点像凌楚楚，有些中规中矩，却又带着与世隔绝的伤感，毫不犹豫的，我便起个伤感的名字《十二月的凌楚楚》。

王路明抱走这幅画时，我没有察觉，当发现时，已为时已晚，他把画送给了凌楚楚，说是请一位画师专门为她量身定做的，当我知道这个消息时，就知道要大事不好。

凌楚楚有个怪怪的脾气，她不愿意在脖子上缠着围巾，由于我们从小便在一起，因此，对她的这种偏好早已是心知肚明，具体的原因说不清楚了，好像是她的父亲在外面有了情人，她的母亲不依不饶，而那个女人脖子上居然围着她织的围巾，她上前与她厮打在一起，那条鲜红的围巾顷刻间被撕碎在挣扎的边缘。

从那时起，站在一旁哭泣的凌楚楚就发誓，一辈子绝不缠围巾，因为，这是她生命的伤口。

而我呢，为了报复凌楚楚当初对我的羞辱，便在这幅画上特意加了一条围巾，它就围在画里女子的脖子上，很是有些自然，却又带着西方人文主义的旧风。

据说，凌楚楚大发脾气，大骂这个画师狗屁不通，不善解人意，骂王路明狗眼瞧人低，不识时务，并且让他从她身边永远地消失。

听完这段传说后，我哈哈大笑，只是觉得这幅画被毁坏了，真是有些可惜。

(6)

一年的时间有些长，但只当是一粒沙子丢在了整个宇宙里。一年的时间里，我换了个城市谋生，自然而然地便离开了凌楚楚，离开十二月的凌楚楚，我忽然间觉得异乡的城市有些凄凉。

因公差的原因，我又回了原先居住的城市。

也是十二月的光景，天空里无奈地飘着让人难解愁绪的白雪。

整个地铁站里，我都在伸着脖子张望，我在张望着凌楚楚，我知道她也许会在这儿，因为，她就是这个季节的角色，她不愿意生命整日地被关在时间的牢笼里，她的心属于整个冬日。因此，她会不顾一切地选择地铁，还有那把别人有些不喜欢的小提琴。

就在黑暗的角落里，我发现搂着小提琴的凌楚楚，她已经憔悴得不成人形，我差点没有认出她来。

我拉着木然的她，走回她的房间。我问她一年来的情况，她的嗓音沙哑，我问王路明呢，她说："我辜负了他，只是想好好地爱一回，但我的任性却成了罪魁祸首，他离开了我，当我知道后悔时，已经太晚了，我发现他正躺在大街的十字路口，一条过路的车撞上了他，据说他喝了许多的酒，在一个小酒店里，还唱些让人无法理解的歌，他的手心里，还拼命地抓着一首单曲，单曲的名字叫作《十二月的凌楚楚》。"

我说："他真傻，本该他的幸福，上天却没有给他。"

她说："不是他的原因，是我没有这个福分，我以为他在戏弄我，便对他发了脾气，直到后来，我发现他躺在地上时，才发现，那首单曲是他谱的曲，他为我没日没夜地学音律，而我却浑然不知。"

(7)

但十二月的凌楚楚没有哭，她是个比男孩子还刚强的女孩，她说："生活里总会有伤痕的，王路明在地下也会希望我高兴的，因为，我又遇到了你。"

她说，"你还记得吗，十五年前的那个夜晚，在十二月的天空下，一个男孩轻轻地搂着女孩的腰，说过一些山盟海誓的话语。"

我的眼泪却不争气地流下来，她继续说，"其实，我是非常喜欢那幅画的。"我说："哪幅啊？""就是漫天雪地里，一个女孩缠着个围巾，雪花落满她的一身。"

我说，"只是可惜，已经被人毁掉了。"

她转过身去，展开一幅长画卷，上面清晰地写着《十二月的凌楚楚》，是我画的，对的，没错，那条补画的围巾，分外妖娆。

她说："我没有扔掉，因为，我知道，是你画的。"

"可是，对不起，我伤害了你，我画了你不喜欢的围巾。"

"不，那是过去，现在，我已经知道爱情的可贵和稀缺，是生活，让我学会了坚强。"

忽然间我好后悔，《十二月的凌楚楚》上，竟然没有一个男子的身影。看来，所有的幸福总会有欠缺的，也许老天又在开一个致命的玩笑。

当我转过身哀叹时，却发现那幅画上，不知何时多了个人在上面，他矮矮的个子，正尾随在女孩的身后，雪地上，一排深深浅浅的脚印，延伸到远方。

青水瓷，水青瓷

我叫周木伦，因为与某大歌星只差一个字，所以，常常引起别人的误会和猜疑，但他们不知道，是我父母为了让我拉近与大牌人物的距离，所以，故意给我起的怪名，因此，一段时间以来，我开始模仿他的歌，填他的词，或者干脆以他的口吻说话，目标只有一个，迅速成名，满足父母日益膨胀的望子成龙梦。

我周木伦在班里可以说是众人瞩目的焦点人物，我是文娱委员，原因无他，只是因为我的歌声还算可以，其实，只有班主任知道这里的原委，为了当成文娱委员，使我才13年的奋斗生涯有个良好的开端，我的父亲背了两箱啤酒送到班主任家里，班主任嗜酒如命，正好上了父亲设下的圈套，两个人各喝了五瓶后，便成了熟人，父亲直截了当地提出了要求，本来就是班主任的举手之劳，加上酒精起了适当的麻醉作用，所以，三下五除二，班主任便在我的委任书上签了字，所以，在我的印象里，我这个文娱委员是酒喝出来的，代价便是父亲喝得胃出血，他的嘴喝进去的是酒，手臂输进去的却是冰冷的药液，班主任也付出了沉重的代价，他喝多了，误将妻子当成了小姐，结果露了馅，给老婆连续磕了无数个响头才罢休，从这一点可以看出：无论做什么事情都不会一帆风顺的，未经风雨不可能见到彩虹的。

接下来的任务便是，我要当上班里的班长，这可是个重要的任务和课题，不仅需要父母的加油，更需要我在班里做各式各样的实际工作，最头疼的便是同桌蔡小琴，她原本就是我文娱委员的最大竞争者，因为她的父亲曾经扬言，她很有唱歌的天分，这不仅仅是她的芳名与某著名歌手有一字之差，另外，她的美貌一度成为班里所有男子追逐谈论的热门话题，好歹是我定性好，要不然，也差点跌倒在她石榴裙下面。

我单刀直入地跟她说："我要当班长，你可以提条件。"她哈哈大笑，对我说道："无他，请帮忙谱首曲子，写个歌，只要我觉得好，我这一关算是通过了。"我说："什么歌曲？"她说道："青水瓷。"

这可是我的长项，不就是一篇词吗？我绞尽脑汁、搜肠刮肚、有些黔驴技穷、江郎才尽地努力找寻着存在于生命深处的那些稍纵即逝、拉它有时候它也不会过来的灵感，然后，我告诉自己，网络是最好的搜索舞台，我会在网络上找到这首词的出处和曲调，最终，当我将此曲此词此情此景一点不落地摆在蔡小琴面前时，她激动不已，拉着我的手说道："你太有才了，什么玩意儿呀，青水瓷，你真以为你是周杰伦呀，这什么歌词呀，整个一个梨花诗体，这调子，你懂调子吗？不是五线谱，是心里没谱儿吧？"

我的心好像被人踹了一脚，那种东风破的豪迈之风将我一下子吹到了菊花台，我挥舞着长矛，怒发冲冠地看着蔡小琴，那是放学后一个个朦胧的黄昏，我告诉她，我再给你最后一次机会，否则，代价便是鱼死网破，我告诉她我的全部包袱，告诉她："我被父母已经逼到了残废死亡的边缘，如果她不答应，我便以死来谢天下苍生，谁让那么多人盼望我复出呢，如果我的埋没造成整个班集体的全军溃败，那责任由你全部承担。"

那个面如皎月的女子，感动得一时间梨花带雨，眼泪摔在地上，瞬间破碎成梦，她含着泪告诉我，其实她特别欣赏我的才气，虽然我与周杰伦只有一字之差，但在她的眼里，我就是周杰伦，那首词可与青花瓷媲美，终于，我赢了她，不是东风吹倒西风，便是西风被东风摺倒。

全校的歌舞大赛在即，我在全力准备，我除了组织班里合唱外，便是自己的拿手好戏：青水瓷，为此，我还改了曲调，与蔡小琴一起，我们的合作按部就班，我感觉我们从对手变成了朋友，在她的建议下，我们将整个歌曲改得乱七八糟、体无完肤，她告诉我："现在人都喜欢另类，喜欢特立独行，你这样改，绝对能够一鸣惊人。"

比赛当天，班里为我的歌曲做了大量的宣传，一时间，我成了许多女孩追逐的目标，她们一个个向我笑着，使的感觉一下子从严寒到了春天。

就在我竭尽全力地将自己浑身解数都使出来准备赢得评委们的红颜一笑时，我突然看到了一种可怕的目光，蔡小琴正领着个男孩子向台上奔跑，是他们的节目，我有点惊诧不已，蔡小琴开始弹钢琴，然后，那个男孩深情的歌声流淌出让人着迷的音符，我的天哪，竟然与周杰伦一样的声音，更令我吃惊的事情还在后面，演出结束后，他们的合作竟然获得了全体评委的一致认同，他们被评为一等奖，而我的歌曲，由于歌词写得不着调，让人听不懂，未能进入评奖范围，我气呀，恨呀，不知如何发泄自己的情感。

我去看节目单时，脑袋"轰"的一家伙，他们的歌曲名叫：水青瓷，那个男孩子的名字叫：周禾伦。

晚上，我做了奇怪的梦，我梦见那个唱着《青花瓷》的周杰伦来到身边，他抡着双节棍，我感到压力极大，危机四伏，他突然拦住了我，对我说道："你知道你败在什么地方吗？"我摇摇头，"你呀，就因为没有心。"

我醒了，忽然间瞅见台灯下自己的名字正在闪烁着冰冷的光芒，天哪，我的"木"字真的与人家的"杰"字差了四个点，原来我真的是无心，从那时，我发誓，我要改名字，我要将心放在自己的旁边，使他变成自己的左膀右臂，终于，第二天，我宣布，从此，我不再叫周木伦，我的名字叫作：周忾伦。

107

最美的感恩节礼物

上午上班没多久,我的手机便急促地响了起来,是亨利老师打来的,他在电话中告诉我,我13岁的儿子杰克今天的表现很是异常,我问他杰克的具体表现,亨利说:"他不是这样的学生的,我一直这样以为,但今天,他的表现令我很头疼,他上课时目光呆滞,好像若有所思的样子,上课不认真听讲,并且与邻居一个女孩子交头接耳,我怀疑他是否早恋了,他们这样的年龄,是很容易出问题的年纪,我一个人可做不了主,所以,必须要告诉你。"

我本来放下电话便会立即去学校的,可偏偏今天客户很多,令我有些应接不暇,所以,我便继续打电话给亨利,我说:"老伙计,希望你能帮帮我,替我观察一下他的行动,我最晚是明天,肯定会过去的,要知道,我的生意忙得很,我可不想因小失大呀。"

亨利哼了一声后,对我说道:"你真是个唯利是图的家伙,好吧,好歹一时半会儿出不了大的问题。"

就这样,我忙了一整天,直到晚上八点多时,我才回了家,当时天空下起了大雨,这更增加了我的烦躁程度,我累得气喘如牛,我猛地想起该给杰克打个电话,这个该死的家伙,我想着电话接通后,我会大声训斥他,不行,孩子尚小,更不能直截了当地告诉他不准恋爱,这样也不行的,我年轻时候也犯过同样的错误，我仔细地想着，如何对付这个难缠的早熟的家伙呢？

电话打过去了，一个孩子接了电话，可能是他们宿舍的孩子，我问他："杰克呢？"他慌慌张张地告诉我："杰克骑车出去了，不知道去了哪里？"什么？挂了电话我怒不可遏，外面下着大雨，他不会冒着雨去跟女朋友幽会吧，不行，我必须采取措施，否则，我们家将会出大乱子的，如果他给我带个女朋友回来，我该如何是好。

我准备连夜出去寻找他，但外面的雨的确太大了，大家可能不知道，我是个非常懒惰的家伙，这一点，儿子倒是随他的妈妈，我有点庆幸。我打了一通电话向熟人询问杰克去了哪里，我甚至打到了离过婚的前妻那里，杰克的妈妈，那个有些爱使坏的女人，此时此刻估计正与她的相好在一起缠绵，她不接我的电话，我更加气愤不已。

正当我愤怒到极点时，门突然打开了，我的天哪，杰克，他冒着雨骑着自车行车回了家，我不敢相信自己的眼睛，我说："杰克，你疯了还是病了，下着雨，到家需要两个小时的路程，你别以为你是个英雄，你今天在学校的表现我已然知晓，一会儿，不，就现在，我要给你点颜色看看，让你知道老子是能够管住小子的。"

我一口气训斥他一通，他像做了错事的孩子，眼泪哗哗地流，我最害怕人掉眼泪了，错了就错了，那又能怎么着呀？我赶紧替孩子换衣服，让他吃饭，吃饭时我还是不停地埋怨他，他一声不吭地听着我的啰唆，我从亨利老师的反馈说到他的早恋问题，然后训斥他告诉他，"13岁的孩子什么都不懂，你知道吗？你的恋爱基因还没有完全成熟，也就是说，你控制不了你自己的行动的，你不能过早结束自己男孩子的生涯，那会影响学习和你的将来。"

孩子睡了，我感觉困顿万分。

早晨起来时，杰克已经走了，我突然告诉自己昨晚竟然忘了问儿子冒雨回家的理由，也许，他是想我了，或者是去女朋友家碰了钉子，所以就直接回家了。

在杰克的书桌了，我发现一张被雨淋湿的贺卡，上面的字迹被雨淋得斑斑驳驳，工整地写着："祝父亲感恩节快乐。"下面是一系列祝福的语言，我突然间愣住了，昨天是感恩节，而我却在怨天尤人中收到了儿子一份迟到的祝福，我突然想起来了，他曾经问过我，问我喜欢什么礼物？我说喜欢原始的贺卡，他的邻居女友，不就是马丁的女儿吗？曾经来过我们家的，她会折叠精美的贺卡，我好像明白了昨天发生在儿子身上的故事。

杰克一定是想送我一个惊喜，所以，他在上课时一直想着如何做贺卡，然后，他问小马丁，然后亨利以为他与小马丁有故事发生，肯定是这样的，儿子冒雨回家，肯定是想将贺卡亲手交给我，他有些内向，被我一通数落后，不知如何表达，也许他早已经背好一些我喜欢听的词汇，但我却辜负了他的一片深情厚谊，我蓦然间后悔万分。

那一年的感恩节，我收到了有生以来最美丽的礼物，同时，我还知道了表达爱的另一种方式，那就是：深夜回家。

栀子花开呀开

皮克来找我时，我正独自一人坐在自己的小屋里想心事，这些挥之不去的心事，无关于少女之心，而关于母亲的整日闷闷不乐，父亲去世后，母亲的身体每况愈下，总是心事重重的样子，每日里精神恍惚，虽然我想方设法在逗母亲开心，但母亲仍然不领情，天天嚷着父亲好像在召唤她的样子，这使我身心俱焚。

因此，我对皮克没有红颜一笑，而是如原子弹爆炸一样的将自己愤怒的花粉喷了他的一身，我说："我没时间陪你，你不是不喜欢我的任性吗？隔壁家有一位可爱的姑娘叫爱丽丝，哎，对了，美丽的爱丽丝，就像钢琴曲里的那位姑娘一样，你可以去找她呀，她年轻漂亮，有魅力，我特立独行，不符合你的心思。"

我的不分青红皂白的抢白使得皮克转眼就走，然后我坐在原地垂头丧气，然后便满脸泪水。

皮克是我的男朋友，只能说是准男朋友，他一直在追求我，虽然有些死搬教条，但也曾经使我关闭多年的少女之心在瞬间怦然心动，但所有的这些，都被一种无法割舍的亲情搅得乱七八糟，我在努力想着，该将母亲送到敬老院里，那里老人多一点，也许母亲可以释放一下自己的心情。

我回去时，发现母亲正在与一只大花猫对话，我紧张得不得了，心想着母亲是否神经出了问题？母亲告诉我，"这是皮克送来的，他上午刚来过，他什么也没说，放下猫就走，我问他，他说是送给我的，让我解闷，我说这孩子挺有心的,你认识皮克吗?我想也许是你的朋友。"

我的心动了一下,继而一种被侮辱嘲弄的感觉油然而生,买个大花猫作甚,以为我母亲只能与猫为伍吗?我气不打一处来,抓起大花猫便从屋里扔了出去,母亲心疼地出去看猫,嘴里数落我的不是,"你呀,改改你的臭脾气,人家是好心,我看挺好的,我想留下它来,猫是不是被你摔坏了,它也是生命呀。"

第二天,我打电话给皮克,告诉他,"以后不要将一些猫三狗四的东西送我家来,我家不稀罕,希望你自重。"

我挂了电话,去学校里上班,斯坦尔在门口叫住了我,他想请我晚上去酒吧喝酒,我本想说没心情,但人家也是好意,便一口应允了他,傍晚时分,霓虹灯闪烁,我坐在斯坦尔的摩托车后面,斯坦尔在酒后对我说了些动情的话语,使我一时间有些心花怒放,但后来还是理智节制了感情,我没有答应他的要求,拒绝了他的草率举动,正在此时,电话响了,是皮克打来的,我没好气地按了他的电话不接,但他却不依不饶的样子,一直在打,我接了电话,便劈头盖脸地将自己的怒火像雨点一样隔着电波洒了他满身,他只说了一句话,我顿时间手足无措,他告诉我:"我在你家里,你母亲心脏病复发了。"

我心急火燎地向家里飞跑,我心想能够让斯坦尔陪我一块儿去,好有个照应,但斯坦尔佯装喝醉了,东倒西歪的,我在心里面骂他口是心非,到半路上,皮克又打电话告诉我,母亲在医院里。

等我气急火盛地跑到医院里时,母亲已经转危为安,母亲虚弱的声音告诉我:"多亏了皮克,我犯病时,他来家里找你,如果没有他,我应该早见你父亲去啦!"

第一次,我发现面前的他如此英俊,他不好意思地搓搓手,说要走了,请我能够原谅他的冒昧,我有些感激地目送他,直到他的身影从我的视野里变成满地的月光。

第二天，皮克来医院看母亲，手里大把大把的栀子花，母亲看到时，一脸惊喜的样子，母亲大声说道："天哪，太好了，你的父亲，25 年前，送我的也是栀子花，当时，我二话不说便答应嫁给了他。"

我竟然不知母亲最喜欢的花是栀子花，皮克无奈地笑笑，"我只是碰巧了买到的，本来想买康乃馨，但排队时间太长了，我害怕你们等不及。"

一周后的一天，皮克一脸羞涩地跑到我面前对我说："对不起，我骗了你，其实，我在无意中找到了你母亲的日记本，那上面写着你母亲年轻时候的事情，包括你父亲送你母亲栀子花的细节，为了使你母亲能够早日康复，我便想着能够送你母亲一些栀子花，所有的这些，没有经过你的同意，希望你能够原谅我。"

我感觉自己的脸木然着，不知如何回答他，他继续说道："我是这样想的，既然爱你，那对你的爱就不应该局限于我们两人，它应该是一个逗号，而不是句号，我们的爱应该延伸到我们的家人，他们都是我们最应该爱的人，他们快乐了，我们的感情才能够持久，他们是我们爱情能够延续的强大支撑力和基础。"

这真是个浪漫可爱、聪慧过人的男孩子，我一把搂住了他，完全释放地、毫无羞涩地投入他的怀抱，我不知道该如何感谢他的内秀，正是他的细心，还了母亲一颗健康开朗的心。

他在我的耳边说道："也许，爱一个女孩，同时，也要爱她的母亲，这不叫自相矛盾，更不叫哗众取宠，这叫爱的延长线。"

翌日，在母亲的鼓励下，我终于答应他：在后半年，将自己的青春年华毫无保留地献给了他。

送你一块巧克力

感恩节的那天晚上,同学们都出去玩了,而我则一个人缩在床上看书,闷得很,不想出去,想起家境的贫寒来,我一时间有些泪眼蒙眬,同学们纷纷收到了感恩节的礼物,我也有一些,但都是些过了时的,看起来不新鲜的,我将它们罗列好放在墙角里,等没事时再慢慢欣赏它们。

我迷迷糊糊地睡着了,突然感觉背部有些别扭感,用手摸时,居然是一块创可贴,这是谁搞的恶作剧,居然将一块创可贴放在我的床上,而它又结结实实地粘在了我的背上,让我原本颓废的心情瞬间变本加厉,我的脑子里盘旋着,突然间想起了小斯的面容来,绝对是他,他人长的就像红绿灯,有些违章。

我下床来,一眼看见他正从门口过来,我大声地质问他:"为什么要将一块创可贴放在我的床上?"他听得云里雾里,说:"没有放呀。"我说:"肯定是你,男子汉大丈夫做了就要承认。"

我们接着吵了起来,我那天由于礼物的蹩脚和心情的原因,火气大得很,见嘴唇解决不了问题,我便与之扭打起来,小斯也不依不饶的,嘴里骂我说我狗眼看人低,又说此事完不了,还要去学生处揭我以前的短。

我们正打得不可开交时,室友们三三两两地回来了,我们被人拉开了,大家开始讨论同一个话题，但大家都不承认曾放了创可贴在我的床上，说以人格担保。

宿管员过来了，他是来作例行检查的，见我们这里热闹得很，便凑了过来，听我们说完刚才发生的故事，他哈哈大笑起来，"同学们，误会了，那不是创可贴，而是一块巧克力，今晚，每位同学的床头都会有一块，这是学校特意为你们送的神秘礼物，可能是巧克力太活泼了，它从床头滚到了你的床身，然后像天使一般，将幸福粘在你的后背上，就这些，是块巧克力而已。"

我将那块创可贴拿起来仔细辨认，然后抠一些放进嘴里，甜甜的，不是创可贴，我瞬间满脸羞愧。

几乎同时，每个人的手都伸向了床头，每个人都拿到了一块甜甜的巧克力。

那些年，同学们之间送巧克力成了最为和谐的一道风景，所有的同学出现纠纷时，只要是送上一块巧克力，所有的前嫌都会尽释，好的心情如春风般降临我们身边。

当我们心情烦躁时，要想着好事马上就会回转，与其说怨天尤人，不如来一块巧克力。

花前月下的淡蓝色绮梦

童年春晓，我总会看到一个梳着马尾辫的小姑娘，蹦蹦跳跳地拉着我的小手，两小无猜的我们将步伐延伸到春天的每一个角落，她的名字叫绮梦。

时光匆匆中，我与她有幸在市里的同一所学校不期而遇，岁月恰巧没有安排的偏差与过分，却与她重逢在同一个班级。

那一年，我感觉到自己的脸上开始长各式各样的小疙瘩，奇痒难耐，后来，竟然蔓延到了小腿上，这无意中发生的一切竟然在又一次体育上让绮梦发现了，我穿着短裤长跑，腿上有明显的被搔烂的痕迹，她突然走近我，对我说："你好像得了一种病。"

当她将一个心和一个生字组合在一块儿放在我面前时，我感觉天差点掉下来，她一下子正视着我，"我是说真的，书上都是这样写的，我姑姑可是个医生，我从小接触了这方面的知识，我不是说你有什么不好的行动，这种病也可以通过洗澡或者其他途径传播的。"

她说她可以帮我，只要能够跟她合作，她的姑姑会给我开几服药吃，这种病不要去大医院，不仅私人秘密保证不了，还可能病情加重。

没有主心骨的我尾随着她来到一家黑咕隆咚的药店里，她进去和一个医生耳语了一阵后，说要打针，每天坚持打，一连打半个月，我捂着屁股没敢哭，想起命运的悲惨，我无话可说，但说来奇怪，打过针后，不仅小疙瘩有所减轻，就连平日里伴随自己的哮喘病也有所缓解。

我开始尾随她，半个月后，我原先的毛病竟然全都好了。突然有一天，班主任以一个"莫须有"的罪名给她下了最后通牒，那一天，一个瘦弱的老太太过来接绮梦，我一眼就能认出是那是给我看病的妇人，绮梦走了，只留下一串眼泪，镶在我心灵的十字架上。

直到10年后的一天，我才知道我当时害的并非性病，那只是一种普通的"青春美丽痘"，绮梦之所以要那样做，是因为她跟我开了一个致命的玩笑，我家里穷，小时候落下了哮喘病，她劝我多次我都没有下恒心去治疗，每逢阴雨天，我都会喘不停，绮梦用一个美丽的笑话让她的姑姑为我治好了多年不愈的哮喘病，这所有的一切，缘于她对我的真和爱，而时间与我无情地开了个玩笑，让我痛悔不已。

时间仿佛回到了从前，花前月下，我走在前面，一个女孩紧紧地跟在我的身后，我们一路飞着，没有纷扰，没有阻碍，就好像有人将青春掷到了天上，一路的一往无前，一袖的姹紫嫣红。

那摇曳着我的青春的淡蓝色绮梦呀，一去永不复返，让我永远怀念，无法忘怀，无法忘怀，那是因为我们付出了爱。

温暖的心愿

大学毕业，我被分到了一所偏远的山区教学。

当时，我一直在怨天尤人地生活着。我恨自己的家世不好，没有一个好的关系可以去走后门；我恨自己不争气，为什么只考上一个师范类院校；我恨学校办事太不公，那么多人，偏偏把我一个人分到了这个贫穷的山村。

烦恼归烦恼，但路终归要走。我当时下定了一个决心，将这里作为一个桥梁，不出一个月，必须离开这个的鬼地方。

学校坐落在一个穷山沟里，有几十个学生，只有一个校长代理教书。他们还是很优待我的，给我准备了一间当地最好的寝室，床上铺着稻草，还有一盏油灯。从那天开始，我知道我的生活将会从此改变，一个城市的孩子，忽然间来到这么个地方，甭提心里有多难受。

至今我还记得上第一节课的情形。一间简陋的教室里，四面透着风，在那个秋天，偶尔会有几片调皮的叶子顺着缝隙飘进教室。尤其是那个黑板，弯弯斜斜，是用一个破木板刷上一点黑漆做成的，而且凹凸不平，半天写不上一行字。下面的那些学子们，更是让人哭笑不得，你刚开始讲课，下边便出现了骚乱，那些平常调皮捣蛋的学生便开始摆弄他们的伎俩，接着，便是一阵弱势群体的号啕大哭，后来，简直乱了套，成了一首激昂的"捣乱交响曲"，开始时，我动用的是说服方式，但没有效果，那些山区的孩子，平时散漫惯了，怎么说都没用，没办法，"先礼后兵"，我拿着自制的小教鞭下了课堂，走到教室的中间，对他们大声训斥："如果谁再调皮，就要动武了。"这一下收到了很好的效果，他们都瞪着眼睛怪异地望着我这个初露锋芒的老师。接下来，我乘胜追击，开始讲我的课，但总是事与愿违，他们的天性是无法改变的，没讲几句，交响曲又开始演奏啦……

一节课下来，弄得我疲惫不堪，好像生了一场大病，我将自己裹在被窝里，思念之情涌上心头，我真后悔不该来这个山区，在这里，单是孤独就能把人折磨死。

就这样，我煎熬着终于熬过了一个月。那天，我给他们上了一堂作文课，给他们讲了作文的一些常识，并鼓励他们要自己独立创作一篇文章，我给他们布置了作业，要求明天下午上交，作文的题目是"心愿"。

很顺利的，出乎我的意料之外，在那个冬日的下午，我收齐了所有孩子的作文。他们写的文章五花八门，有的说要做一名科学家，有的说要拥有世界上所有的钱，有的说要开飞机上天，看着他们一篇篇稚拙纯真的文章，我的内心忽然充满了感动。这时，一个叫作二虎的孩子写的文章吸引了我，他的文章题目是"我的心愿是自己是一床温暖的被子"，一个很有诗意的名字，我接着往下看：

父亲打了母亲，母亲走了。父亲也去了远方，他不要我和奶奶了。奶奶每天都上山去砍柴，然后卖到几十里的山下。在晚上，奶奶害怕冻着我，把仅有的一条被子盖在我身上，我醒来时，总会看到奶奶蜷缩成一团，一整条被子都盖在我的身上。我的心愿并不伟大，我只愿自己是一床温暖的被子，盖在奶奶身上，这样，她就不会再冷了……

这是我见到的世界上最单纯的、最善良的也是最温暖的心愿，那是一个孩子心灵深处的呼唤。

后来，我决定留下来。不为别的，只为那一份真诚、纯真和温暖。

十一岁的红舞鞋

那年的春天，我正处在花开一般的年龄，因此，我对任何的事物都有新鲜感和渴望感。我一直梦想着11岁的天空里应该会有一双精美的红舞鞋，这是我多年的夙愿，从来没有对人说过，但是到了今年，随着年龄和身体的增长，我的虚荣心开始无限制地延伸，因此，学校里有舞会举行时，我常常会躲在黑暗的角落里暗自垂泪。

我曾经有过一套合体的连衣裙，那是我九岁那年，一个有钱的远方大姑送给我的，如果能够再穿上一双漂亮的红舞鞋，我绝对能够成为舞会的焦点，因为我天生是优秀的，缺少的只是包装，至少我这样认为。

我曾经连续两次将这个话题向妈妈提起，妈妈的回答是令我失望的："一个孩子，要什么红舞鞋呀？念书是最要紧的。"其实，她是在委婉地给我反映家里的经济困难，好让我打消这个荒唐的念头。

于是，我家附近的一家鞋店成了我年少的梦想，我经常一个人在鞋店门前徘徊，我甚至能够看清那个小男孩阳光般的脸庞，他就坐在橱窗的后面，他的母亲是这家鞋店的老板。淡蓝色的背景上，摆着各式各样的红舞鞋，其中有一双是我渴望得到的。

终于有一天，学校里晚上又要举行舞会啦，并且校长要亲自到场，还要从所有跳舞的女孩子当中选出一些人来，参加市里组织的舞蹈大赛。我一直感觉自己有这方面的天赋，所以，我一直想表现自己的才能，但是，当我的目光沿着裤子向下瞧时，我刚才的想法消失殆尽，没有红舞鞋，如何显露出我曼妙的舞姿，如何能够让我的才能发挥至最佳，如何让我这只白天鹅从中脱颖而出呢？

所有的欲望转化成一种冲动，我第一次明目张胆地走进了那家鞋店，我的袋子里没有一毛钱，因为仅有的零花钱已经让我买了冰淇淋。

那个小男孩正坐在背景的旁边，他的母亲没有在场，所有这一切激起了我万丈的决心，在进来前，我事先拿好了一只旧的皮包，里面装着我的一些学习用具，只不过，我想这只是一种掩护罢了。

由于天阴的缘故，屋子里的光线很暗，顾客也不如原来的那么多，小男孩的眼睛一直在盯着我，我有些不知所措地来回悠荡着。终于，我锁定了一个目标，一双红色的舞鞋正规规矩矩地躺在淡蓝色背景的鞋架上，让我对它垂涎三尺，欲罢不能。

我本来认为自己是一个有教养的女孩子，从来不肯说别人一句坏话，更不愿落个偷东西的骂名，可是今天的情况非常特殊，我的理智已经无法左右目前的局势，现在，除了晚上的舞会外，我的脑子里别无它想，我甚至看到了自己获奖的情形。我在想只这一次，等有钱了还人家，或者乘一个时机，再偷偷地将鞋子放进来。

我一直在寻找可乘之机，但是一双眼睛自始至终在张望着我，我知道是自己的纯情和高洁感染了他，心里不免有些飘飘然的感觉，谁不愿碰上一个长得漂亮的女孩，谁愿意整日里与一堆鞋待在一起。

门口好像发生了一些事故，暂时地吸引了他的目光，我恰到好处地选择了时机，那双小巧玲珑的鞋子已经装在了我的皮包里，我若无其事地走了出来，原来放鞋的位置上已经变成一个暂时的空白。

那晚是我生命中最华丽的一个夜晚，至少在 11 岁的天空里是第一次，我穿着那双精美的红舞鞋游刃有余地在舞台上旋转，简直成了唯一的小天使，正当整个晚会到达高潮时，我忽然间遇到了一束目光，那是来自一个男孩的眼神，和白天的场景一模一样。

男孩紧紧地盯着我，好像认准了我是他要找的目标，我猜想他肯定是在盯着我的鞋子，因为那种品牌的鞋子只有他家的店里才有。

回到家里，我赶紧脱掉那双鞋子，并且认真地收拾了一番，我打算找个适当的时机把鞋子放回原位，因为我不愿做一个没有素质的女孩。

我找准了一个机会，男孩没有在场，我的皮包里装着那双红舞鞋。我心中惴惴不安地走进那家鞋店，径直走到原先红舞鞋的摆放位置，让我奇怪的是，有一双别的品牌的鞋子已经摆在原来的空白处。

我顾不了许多，把鞋子从皮包里掏出来，放在那双鞋子的旁边，就在鞋子落到原处的一刹那，我忽然感觉到有人走来，那个男孩正站在我的旁边，我吓坏了，他肯定会大呼小叫，告诉他的母亲我们找到了偷鞋子的小偷，但是令我奇怪的是，没有一丝一毫的声音，世界仿佛在那一刻凝固了。

我仓皇逃窜。我害怕他们是在筹划着另一场阴谋，因为我已经取得了参加市里舞蹈大赛的资格，如果他们到学校里说出此事，我的颜面何在呢？

也许是上天原谅了我的错误，这一切都没有发生，我逃过了一场劫难，不过我时常会想起男孩的目光，那么清纯，就像一汪秋水，我知道，11 岁那年，有一个男孩用一颗宽容的心原谅了一个受过伤的女孩。

所幸的是，在十多年后，在一个良好的时机里，我逮住了他，并且让他做了我的白马王子。

爱上一尾美人鱼

(1) 初遇

不知是在何时，更不知是出于何目的，我漫步在海边，那时，整个太阳已经收敛住最后一抹的余晖，天空是如此的纯净、蔚蓝，我总在渴望有一场风花雪月的爱情故事发生，因此，我常常徘徊在海边，那里的风景最为接近大自然，也最能体现我此时的心情。

已经接近了黄昏，海面上暂时恢复了平静，我准备回家，又是一天的失望和灵魂的战栗。拂着温柔的风，我撒开丫子在海边狂奔，身后是我深浅不一的脚印，肤浅而真实。

突然间，在远方，我影影绰绰地发现一道红光，走近了，却发现在海边，扔着一个精美的玻璃瓶子。瓶子的外面裹着许多的泥沙，我用手轻轻地抹掉，里面出现了一抹意想不到的风景：一条小小的美人鱼，正蜷缩成一团，躲在许多泥沙的后面。我不知所以然，传说中西海中有一种鱼，这种鱼长年生活在海里，它们长着人头鱼尾。这只是传说中的故事，今天，我竟然有幸能够得见，真的不虚此行。我准备把它带回家，放在身边，好向人们炫耀自己的新发现。

就在我把它装进口袋的一瞬间。我明显感觉瓶子里面有东西在来回扭动，开始时非常微小，后来竟然变本加厉，经过仔细的观察，里面的红光竟然越来越显眼，里面的那尾美人鱼竟然站直了身子，虽然它很小，却是如此的鲜明，它正对着我鞠躬，好像在说让我救救它，这是一种穿越时空的语言沟通，我不知自己是如何得知它的求救信息，只一种潜意识，它来自于感觉的、内心的和狂热的。

印象中，小时候我学过魔鬼的故事，说是一个老渔夫出海时，捡到一个瓶子，由于他的善良，他打开了瓶子，放出了里面的魔鬼，结果渔夫险些落入魔鬼设的圈套，那只是传奇中的经历，而现在，我却真的遇见了此类问题，该如何是好！

里面的美人鱼正在摇摆尾巴，样子十分可怜，一个小小的瓶塞就在瓶子的上口，只要我微微用一下力，也许会有另外一种不可预测的情况发生。

考虑了半天，我想我只有选择躲避，把这只瓶子扔在沙滩上，让它再次寻找一个有缘人吧，我还得回家去寻找我的妈妈，也许此时，妈妈正坐在沙发上看电视，焦急地等待我的归来。想到此，我用力一掷，瓶子划出一道美丽的抛物线，落在远处的沙滩上。我搓了搓手，无奈地苦笑了一下，我自觉自己的想法是英明的。

但就在转身时，远处扔瓶子的地方一道耀眼的红光闪烁着，一尾修长的美人鱼正站立在我的面前。它弯着腰，对着我深深地鞠躬行礼，她说："谢谢你，好人，是你救了我，我一定会报答你的。"在现实与梦幻之间，原来只隔着一个小小的瓶塞，从未经事的我瘫倒在沙滩上。

她以尾巴为腿走近我，"你不要害怕，我不是魔鬼，我只是传说中的美人鱼，十年前，由于我贪玩，远离了深海的行宫，落入了一个妖人手里，他把我装在瓶子里，并且告诉我，除非有人在十年内救你，否则，你只有一死。

我已经在此等待了整整十年，今日是我的最后期限，恰巧老天爷让我遇见了你，这也是我的造化，我曾经发过誓，如果救我的人是个男人，我就嫁给他，让他享受一辈子的荣华富贵，如果救我的人是个女人，我会给她这世上所有的财富，让她一生受用不尽。现在，亲爱的，也是我们有缘，我们注定会有一场风花雪月，请随我一起下到海的深处，那里有我们的天堂行宫，有我们的父王和母后。"

不知为何，我竟然没有选择拒绝，也许，我真的向往幸福，或者是另有一种信念在支撑着我的神经，我一时间不能自已，只能听从她的安排。

(2) 遭遇

她为我穿上潜水衣，这是鱼儿必备的法宝，只有如此，她们才能在深海里任意遨游，还能够抗击海水的压力。

很快地，我下了水，尾随着她潜入海的深处。海底世界五彩缤纷、扑朔迷离，没有一条道路可言，我在揣测如果要是我想逃出去的话，如何选择回家的道路，我在拼命记着一些主要的符号，好记清楚回去的路标，但一到水里，我的脑筋已经无法控制自己，我只是一尾鱼，和另一条鱼一起，去寻找梦中的天堂。

她的父王很高兴地接见了我，听她的女儿说过我们的感情经历，他的眼里竟然盈满了热泪，她的母亲搂着她，又是亲热又是寒暄，我是一个外人，坐在他们的行宫里，我不知所措。

突然间，美人鱼对她的父王母后说："我曾经发过誓，我必须嫁给救我的人，否则，我会一生不得安宁。"

她的父王突然收敛了笑容："孩子，你如何能出此下策，他是个人，我们可以以礼待之，给他皇宫里所有的宝物，可是，却不能完婚！如果你二人成婚，让我如何面对其他三位王爷。再说，你已经和东海的太子定了亲，虽然十年内你杳无音讯，但是人家答应只要你回来，绝不嫌弃。"

美人鱼两眼泪光闪烁，她一再恳求，但是，她的父亲是铁板上钉了钉，它不能打破龙宫几千年的规矩，否则，这会乱了章法。

我被安排在一座行宫里，两旁都是些虾兵虾将们，他们也是服侍我的人，他们把我当成了异类，像欣赏熊猫一样地站成一排对我品头论足，我忽然间想起了儿时，妈妈带我在动物园观赏动物，无论是老虎还是猴子，它们蜷缩成一团，任凭人们戏耍嘲弄。现在的场景和那时一模一样，我开始后悔自己以前向往的风花雪月，那是坎坷的、错误的，有可能会害死自己。

正在懊恼之际，突然有人传报，说东海的九头虫太子来看我。我忽然间想起了《西游记》里的情景，九头虫偷了宝珠，躲在寒潭里……莫非正是此物？他怎么突然成了东海的太子。

虽然面对异族，但我不能丢弃人类的尊严，我站起身来，拱手相迎。

一阵清风过后，一种难闻的臭味飘进我的鼻孔，我知道是九头虫来了，因为只有虫子才会有如此的怪味。他大摇大摆，真的如一只破落的甲壳虫。

他问我："你就是从人类来的客人，你的面子不小呀，竟然征服了美人鱼小姐。"

我回答："岂敢，我只是顺手救了小姐，只求一见，别无他求。"

他接着问："真的是别无企图吗？我可听说，你要娶小姐，想吞占整个西海龙宫。"

我摇摇着："嫁给我，是小姐的意愿，我们是两情相悦，没有那么多目的，我们人类不是异物，我们向往的是幸福、太平的生活，没有那么多想法。"

我的唇枪舌剑惹怒了九头虫，他恼怒万分，对我扬言，要我十日内必须离开龙宫，否则就要动武，并且，他邀请我参加明天的辩论会，问我敢不敢？我答应了他的请求。

(3) 辩论

原来龙宫里也有辩论会，我觉得非常可笑。后来，从美人鱼小姐的口中得知，凡是遇见了无法决策的事情，双方代表就地步入辩论厅，在会上，一方必须回答出对方提出的问题，而且必须最快地回答出来，否则就视为失败。

我曾经参加过中央电视台举办的大专辩论会，当时的情景历历在目，我曾经获过最佳辩手的殊荣，因此，今天，我从容上阵，临危不惧。

我坐在右方，九头虫正坐在左方，大会的主席是西海的老龙王，也就是美人鱼小姐的父亲。

大会开始后，老龙王宣布了议题，一方出题由另一方回答，谁回答不上来就视为认输。

他首先发难，他问我："你凭什么条件想让小姐嫁给你，你既无富贵，又无英俊的容貌，只是一个机会罢了，你救了小姐，但这不代表你能够娶到小姐？"

我大声回答："我相信缘分，是上天安排我救了小姐，这就证明上天给了我一个机会，这种机会不是每个人都能争取的，只是那些有缘的人，做过善事的人，能够给小姐幸福的人。是的，你拥有许多的荣华，但是，你有情感吗？你只是一条无恶不作的虫子而已，当年，你偷了宝刹的宝珠，被孙大圣追得上天无路、入地无门，结果跑到了东海龙宫，你假装成仁义君子，取得了东海龙王的信任，后来，你又利用虚假的手段取信于老龙王，老龙王破格认你做了干儿子,是也不是?这就是你所谓的真诚吗,我看你娶小姐是为了争夺西海的天下,是想获得这无心的富贵和荣华?"

九头虫跌倒在尘埃里,他被我骂得狗血喷头,我接着进攻:"九头虫,你曾经有一个媳妇,不是吗?但是你蒙蔽了小姐和王爷,当年,和你一起骗宝珠的是谁,她就是碧水潭的公主。你们曾经爱得很深,但是你是个伪君子,你骗得了她的信任,利用卑鄙的手段强娶了公主,今天,你又想故伎重演,所有的目的都一样,你的险恶用心已经昭然若揭,你还有何话可讲?"

九头虫口中已经吐了白沫,美人鱼正坐在她父亲的后面,她的脸已经雪白,显然,是我的魅力和潇洒震惊了她的芳心。

我步步紧逼:"九头虫,说到你的身世,也真是一段风流呀。你的父亲是乾坤山修炼多年的甲虫精,他违背了上天的安排,私自下界,并且爱上了和他一起临凡的鲤鱼精,为了躲避上天的追捕,他们隐居在深山里。为了讨得香火,你的父亲晚上出去骚扰老百姓,村里的许多孩子变成了他们口中的美味。许多年后,你出生了,并且是一只可恶的虫子。他们的为所欲为得到了报应,有一天晚上,他们出去作案,正好碰见了巡山的二郎神君,他们被逮了个正着,甲虫精被哮天犬咬得遍体鳞伤,最后死在河边,鲤鱼精被千里眼射死在山的最深处。没有了父母的管教,你更加肆无忌惮,此后,你拜了师,学了艺,开始你的罪恶生涯,是也不是?"

九头虫瞪着惊恐的眼睛望着我,那眼神里带着明显的恐惧,还有一丝崇拜和不可思议,他瘫倒在地上,最后他喘着气问我:"你如何知道得这么清楚?"

我回答他:"我知道的远比现在说的要多,如果你要听的话,我可以把你的故事说上三年,也不带重样儿的,只是天机不可泄漏。"

九头虫一败涂地,它神经质地大骂身后的随从无用,没有安排好今早的伙食,要不然,不会连一句话也对不上!!

美人鱼飘向了我,她问我如何知道九头虫的身世,在西海龙宫里,几乎无人能够说出,而我一个从另一个世界来的人物,怎么能够在如此短的时间弄清楚龙宫的历史。

我告诉她:"这是我们人类书中的记载,你们传说中的所有故事几乎全部登记在册,包括你们龙宫的过去,有空的话我可以说给你听,那真是炫人耳目呀!"

(4) 逃奔

我们的婚礼在九日后举行,龙宫上下一片喧哗,虾兵蟹将们纷纷上前向我祝贺,我更是忙得不可开交,我要接见许多远道而来的客人,还有布置我的婚礼现场等等。

不可预料的事情在突然之间发生了。穷途末路的九头虫竟然动用了军队来搅乱我们的婚礼,大厅里乱成一锅粥,九头虫下了死命令:如果能够抓到我,重赏白银一万两,如果砍下我的首级,奖白银五千两。

说到动武,那是我的弱项,我是真的不知如何是好!美人鱼小姐在临危之际告诉我:"洞房的后面有一条洞,我们从那里跑出去。"我们仓皇间逃离了龙宫,后面是一阵阵的喊杀声。

夜晚时分,我们赶到了京华婆婆的前生屋,我们向她说明了情况,求她能够救我们,并且放我们一条生路。京华婆婆沉思了半响,此时,后面的追兵已经包围了前生小屋。看来,只有死路一条啦,我紧紧地搂住美人鱼,生怕是一阵风或者是一阵骚乱使她从我的生命里消失。关键时刻,京华婆婆告诉我们:"你们躲到我的里屋,我来对付他们。"

随着一声巨响,九头虫一干人等蜂拥而至,九头虫问京华婆婆:"可曾看见有一男一女来过?"

她回答:"刚才是有两个人来过,不过,我告诉你,他们已经逃向了远方,此时,可能已经离开了大海。"

"不可能,谁能在如此短的时间内逃离大海,除非他们是神仙再世。"九头虫不那么好骗。

"九头虫,我告诉你,在海的最深处,有一条轮回隧道你可知道?"

"听别人说过,不过,那是传说中的地方,不可能有的,再说,他们如何能够找见轮回隧道,即使真找到了,他们进到里面,也是九死一生呀!"

"九头虫,留在此地也是死,但到了轮回隧道就可能有一线生机,再蠢的人也知道孰轻孰重,你说呢?"

九头虫没有再说话,他愤愤地跺了一下脚,转身离开了前生小屋。

京华婆婆告诉我们:"你们不能从我的小屋里出去,不是我怕事,如果你们从这出去,你们就永远离不开此地了。现在,你们别无选择,只有选择轮回隧道。"

她领着我们来到一座房子前,她对我们说:"轮回隧道其实就在老身的房子里,这是一个秘密,我相信你们不会给我泄漏出去的,因为,只要你们进了隧道,就是另外一种境界,你们会忘却前生的所有事情,如果你们有缘,来生会再见面的,相信你们能够把握好这个机遇。"

在我的记忆里,我也听说过海里有一条轮回隧道,进入里面的人就会忘记前生所有的往事,包括感情、回忆和困苦。来生做什么,谁也无法预料,我在抓紧最后的机会与美人鱼告别,我告诉她:"你走吧,九头虫要的是我,我一个人走进轮回隧道，我不能让你陪我牺牲。"她告诉我："你走了，我一个人孤苦伶仃，嫁给一个不愿意嫁的人，一生都会痛苦的，我宁愿咱们一起走，只要有缘，来生，我们会再次相见的。"

京华婆婆告诉我们："时间已经不多了，你们必须在太阳落山前，进入隧道，否则，你们还要再等上十年。"

(5) 回归

我醒来时，发现自己正躺在海中的一块木板上，是一阵阵喧嚣声把我从记忆里惊醒的。直觉告诉我：这里可能发生了海啸，大片大片的海水正掀起巨浪，汹涌澎湃，惊天动地。

再次醒来时，我发觉自己住在医院里，旁边是我的妈妈，看见我醒来，她非常高兴，她告诉：你已经昏睡了两天两夜，在梦里还说些让人莫名其妙的话，医生给你检查了身体，说你一切都正常，说你可能得了某种幻症，现在你终于醒了。

我问妈妈："这里发生什么啦！"

妈妈告诉我："你离开家已经七天啦，我们一直在寻找你，你的同学说你那天下午离开了学校，要到海边去吹吹风，但是却没有回来，我和你爸爸在海边找了很久，只发现海边有你的脚印，却没有发现你的人，我们焦急万分，最后还报了案。接下来，是在前天，这里发生了一场大海啸，已经波及了大半个世界，许多无辜的人都在海啸中遇难，我们以为你已经九死一生啦！"

原来如此，我没有告诉她我做了一场梦，并且去了龙宫，我害怕会吓着他们，但是，昨天的场景却历历在目，我甚至还能闻到前生小屋内青草的芳香。我拧了一下自己的大腿，生疼，真的，我已经回家啦，现在，我是在地球上，我已经穿越了轮回隧道重新做了人，而美人鱼呢，她身在何方？

这时，电视里的画面吸引了我，电视上报道说：今天早晨，有人在海边发现了美人鱼的出现，还说这是传说中的一种鱼，根据历史记载，已经消失了近万年，科学考察人员已经到达现场勘测，现场留下了美人鱼滑动时的痕迹。

我发疯般地跑离了医院，我到了海边，一大群的人正围在那里，电视台的记者、报社的记者如马蜂一样来回飞舞。

沿着海啸后的沙滩，我茫然地走着，记得是在几天前，这里曾经发生过一场风花雪月，但是，现在到手的繁华已经落尽，心余凄凄然。

在海边，我竟然找到了一只小瓶子，和原来装美人鱼的那个瓶子一模一样，但是里面只是一些水草和沙石，我把它放在口袋里，放在了心海的最深处。

原来世事不过是一场梦，繁华过后，已经恢复了最初的平静，一切的浪漫都已经随着历史的车轮渐行渐远，只留下一片苍凉，让世人永远追忆，长久惆怅……

十六岁少女的胭脂夏天

16岁那年的5月,我还是个不谙世事的小女孩,我喜欢一个人走在大街上,看那些让人炫人眼目的图片,听一些在父亲看来让人觉得单调的流行歌曲,这也许是每个从那时走过的女孩共有的梦吧。

总而言之,一切对于我都是美好的,我觉得天空蓝得出奇,只要是不回家,心中就永有一朵美丽的花在盛开着。

也许是父母亲看到了我明显地出现青春期变化,这引起了他们的一阵阵恐慌,因此,也加大了对我监控力度,他们暗地里的谈话让我一览无余地全部偷听到,他们说该管教一下这个疯丫头了,已经到了多事的年龄,必须约法三章才行。

我不明白他们在说什么,我问心无愧,什么也没做,只不过就是心里有些隐隐的伤感。

父母在一次家长会上,明确地对我提出了下一步的发展目标,说我已经到了攻关的关键时刻,人生之路如何走得正,全在这两年,因此,心里面不许胡思乱想,不能感情用事,还有,除了上课外,必须待在家里。

前面几条我还可以接受,本来我的学习总是名列前茅的,但最后一条却让我有苦难言,逛大街、听故事是我的爱好,他们却无缘无故地却剥夺了我一个女孩应有的人身权利。我把自己关在屋里痛哭了两天后,委屈地接受了他们的规章制度。

但年轻的心是萌动的，我不愿把自己当成旧社会的绣楼女子，因此，我喜欢外面的风、外面的雨，喜欢外面的一切一切美好的人和事物。

那时，高一的学生都流行去参加钢琴课，那是在业余时间，主要是在晚上。我背着父母给自己在网上报了名，并且交了一百元的培训费，单调枯燥的学习生活已经让我疲惫不堪，我必须让自己活跃起来，不然，还没到青春期，自己就已经老化啦！

我征服了父母，在晚上为自己争取了两个小时学琴的时间。

钢琴课上，有各式各样的青年男女前来参加，热热闹闹地，像是一群人在诉说各自的心事。一个个头高高的女孩引起了我的注意，她是钢琴课上的佼佼者，不仅是身材均匀，而且身上还弥漫着一种中药般的芳香，这令我突然想起了《红楼梦》里面的冷香丸。头一次，我被一个同性的魅力所吸引，我在心里面暗暗祈祷，如果让我有她那么漂亮，我该是多么高兴啊。

那晚回家，我在镜子里郑重地望着自己，望着镜中的自己，我忽然充满了自信，因为那时，我在看一本《少女的日记》的书，里面有许多关于美容方面的知识，我相信自己绝不亚于刚才看见的女孩。因此，第二天晚上去上课前，我背着父母，给自己敷了一层淡淡的粉，并且涂了薄薄的口红，我还去了理发店，把自己原先的学生头剪了个精光，站在镜子面前，我像一个童话里骄傲的公主，有些楚楚动人，配上自己白天用零花钱买的一双高跟鞋，我所有的线条在瞬间凸显出来，我差点认不出自己来。

在意料之中，那晚，众人所有的目光都投向了我，就连那些原来清高的男孩子，也愿意坐在我的旁边，他们已经不认识我啦，只是呆呆地望着我，像观看一部明星电影一样，对我顶礼膜拜。

从那天起，我开始喜欢打扮自己，除了学习外，我就坐在化妆镜前。父母对我的变化惊讶得很,他们围攻了我好些天,问我是怎么回事,我编了个谎话骗他们,学校在整校风校纪,因此,要求所有的学生都要把自己包装得好一些,我不愿意自己只是个傻傻的丫头片子,所有才剪了头发,难道你们不喜欢自己的女儿长得又乖巧又俊俏吗?我又一次取得了革命性的胜利。

5月的一天,由于加班做功课晚了点,我误了去学校食堂吃饭的时机,因此,我决定去外面的餐馆就餐。在我的座位旁边,围着一桌子的人在吃饭,他们显然是一家的人,好像是在为谁庆祝生日的样子,所以,等了许久了,我的饭还没有端上来。

正在此时,突然有一种异常的明媚从对面传来,他吸引了我所有的目光与神经。一个高高大大、阳光灿烂的男孩正站在我的面前,他呆呆地看了我两眼,以一种陌生人的眼神,就像我看他一样,只是一种很简单的微笑,却让我在刹那间魂飞天外,我不知如何应对他的突然出现,我以为童话中的故事发生了,不停地揉着自己发黑的双眼。结果却是一场空,只是我的一场梦而已,他显然是认错人啦,然后飞快地回归原位,坐在对面的一群人中间。

我的饭端上来了,我却突然间没有任何的食欲,眼睛直向他那儿瞅,两人的目光碰撞了一块儿,有一种电火花般的光芒在我的眼前晃动,我不知如何是好,感觉脸上烧烧的,就好像小时候,无意中喝了爸爸的二锅头那样,我的耳根子也热得厉害,有汗珠子竟然从脸上淌下来。

从那天起,我明白了恋爱的感觉,但是,与书中写的不一样,我们只是一种相逢而已,并没有那么多的故事发生,但我却深深地记住了那双眼睛,让我无法自拔,难以忘怀。

但上天却为我安排了一场闹剧。一个黄昏时分,我的车子出了些问题,我准备出校门自己打的回家,但是刚出门,却看见了他正推着车子,好像在等我的样子,就像是我们相识了很久,他对我说:"你的车子坏了吧,坐我的吧,我带你一程。"

没有任何拒绝地,我坐上了他的车子,当时,真的不知是一种什么样的感觉,只觉得有一种向往,脑子里面仍是一片空白。坐在他的车后,有风从身边飘过,凉凉的,有种十分舒适的感觉,我忽然产生了一种想搂住他的冲动,在一个拐弯时,我的手情不自禁地搂住了他的腰,那是我第一次感受到恋爱的滋味,那种滋味至今让我无法忘怀,就这样,过了许久许久,我们仍然没有分开。

是汽车的轰鸣和他的声音惊动了我,他对我说:"你该到家了吧?"但是有一件事情却出乎意料,在下车时,我一不小心,划破了腿,那是地上有一种尖状物作的祟,用手一摸才知道出了血,他吓得不轻,说自己该死,不知如何处理。我摆摆手,对他说:"你走吧,没事的。"唉,这也许是为爱情所付出的代价吧。

回家时,我又一次欺骗了父母,我说是自己在学校上体育课时,从双杠上摔下来,一不小心让玻璃给划破的,父母心疼了好半天,嘴里嘟哝着学校的安全措施太差了,并且要去学校找相关老师,我劝住了他们,只是为了自己的事情不败露。

直到如今,每逢晚上睡觉时,我总会看到腿部上那一道长疤,总会想起那个16岁的夏天,想起那个刚刚睡醒的小女孩,幸运的是,直到现在,那件往事仍没有东窗事发,他也为我守住了一份葡萄般酸涩的青春秘密。

从那以后,虽然我们再没有见过面,并且再没有一份感情方面的投入和交往,但我却深深地记住了他,记住了那个胭脂般美丽的16岁夏天和一个纯纯的故事。

这一场马不停蹄的青春赛事

(1) 秦可可式的语言

在整个班级里，现在，在我个人看来，以我自高自大的眼光，绝对能够与我抗衡的就是那个叫作秦可可的女子，她娇小的面容，怎么看怎么让人想起来《红楼梦》里那个可怜的秦可卿，但就是这个女子，从一进高一年级以来，便在班里营造了一种向上的阳光的气氛，而这种环境，正与我原来在班里倡导的和蔼之风成了反比，所以，当仁不让地，我开始用另一种疑惑的目光望着这个正在青春期健康成长的女子。

秦可可有一个致命的弱点，但别人看来，也许是她的一种优势，她身为一个女子，却一直不服输，爱认死理，是那种不见棺材不掉泪的主儿，在一件事情上，她总是先入为主，凭着自己的三寸不烂之舌与人家辩论个你死我活，最后把人家说得体无完肤，她还是不依不饶，非要人家认输，向她道歉才行。

我对她不服气，因此，我开始寻找良机，伺机报复这个已经霸占我地位的异性公民。在我看来，现在，班里已经形成两种气氛，一种是以我为主的男子汉"阴柔派"，这主要是我倡导的文明之风，是名门正派，而另一种，就是以秦可可为首的"张狂派"，简称"女人派"，我们逐渐形成了一种势头，大有一触即发之势。

据我和另外一位行家的分析，秦可可的语言是那种犀利式的语言，总是先从某个人弱点入手，层层分割，形成一种无懈可击的势头，然后，再依照传统的推论法，将此人原来的观点一一推倒，就好像一棵大树，先是两锯子，然后便进行挖根化处理，最后，即使是中流砥柱也在顷刻间化为乌有，翻倒在尘埃里。

为此，我们采取了一种反败为胜的方法，并且还现场请了一些别的班级的女生进行演习、引导，直至于到达了成熟境界。

这样的机会确实不多，加上班主任李老师这两天正在大兴文明教学、说话文明等活动，我们一直找不到实践的机会，但就是这样，我还是会用眼光轻轻地将这个弱女子放到一边，因为，在我的高高大大的身体里，装的是整个四海和长空，根本容不下如此一个让人不堪一击的弱女子。

(2) 古宝贝的怪球言论

古宝贝就是本人，不知是哪位高人给本人起的怪名，也叫艺名吧，我估计是出自秦可可之口，但由于我正在加强防御攻势，所以，没有人敢声称对此事件负有任何责任，古宝贝就在宝贝吧，比叫别的强就行，好歹还落得个翡翠的别称。

我喜欢谈球，尤其是在世界杯期间，一谈到足球，我的怪眼圆睁，形成一种不可阻挡的潮流，能够将整个世界搅动得乱七八糟，神出鬼没，所以，在球论上，至今整个校园里对我都甘拜下风，所有的人都称我为师傅，包括那个秦可可在内，她们谈论的多是些学习上、道德上的问题，但一谈到体育活动，我便有了剑客的身份，在网上，可以叫作版主啦！

1998年世界杯期间,正是我大开杀戒之时,所以烽烟赛事都在我的言谈里变成一种风向,刮得整个教室里都是世界杯的风波,有的学生回答问题真奇怪,把齐白石答成齐达内啦,或者有的人干脆回答,罗成与罗纳尔多是不是亲戚之类的话,让人哭笑不得。

为此,我还付出了沉重的代价,我不得不以停课两天的代价来还教室一个平静的学习环境,但就是两天里,也是班主任为我营造的良好环境,正是世界杯的决赛期间,我通宵达旦,夜里为它熬夜到天亮,白天昏昏欲睡,夜里便开始一枕黄粱。

回到教室后,我的怪球言论便不胫而走,知道某个球队为什么会赢吗?因为有我在为他们祈祷呢,知道某某球星为什么爱戴一只耳环而另一只却空着吗?千万别告诉别人,他失恋了,所以,他选择了用一种悲哀的方式来求得心灵上的平衡,以期待在球场上赢回来情场上输完的青春。

秦可可将我所有的言论写在黑板报上,当作一种宣传因素吧,我以为是在夸我,却起到了适得其反的作用,后来,我的评优级别被拿了下来,肯定与此事有关,我愤愤不平,等待良机。

(3) 反秦可可的斗争

终于,一场空前绝后的辩论赛不可避免地发生了,那是一堂体育课,外面却偏偏飘起了小雨,让人不禁有些伤春。

不知是谁起的头,在体育老师刚刚离开教室的一刹那,便有人开始出主意要效仿中央电视台,进行一场辩论比赛,题目由大家推出。

结果,不知是谁出的话题,中学生应不应该谈恋爱?

这个话题是所有处在青春期的人关注的焦点问题,我赶紧先入为主,要求以正方的身份出战，自然而然地，我将这个题目的正确趋势把握得非常准确，因为在中学时代，凡是提恋爱正确的人都是错误的，都将受到各界的批评的。

我以为没人敢出场，那个叫作秦可可的女子，杏眼圆睁，一下子站了起来，要求以反方的身份出场，同学们一致通过表决，于是竞赛开始。

我先陈述我的观点：中学生不能谈恋爱，因为这个年代不允许他们动情，他们的目的是学习，至于爱情，那是将来的事情，现在的主要目标是学习。

秦可可切入正题，她的观点是：中学生要正确面对恋爱，要以正确的思想来对待爱情，而不是像某些人说的那样采用一概排除法。

我们开始了唇枪舌剑的竞争，看不出来，平常没有正式交锋过，现在，真的斗争起来，我的嗓子却有些不舒服，我真后悔白天来时没吃上几块润喉糖润嗓，这两天有些上火。

她步步为营，招招紧逼，我没几个回合下来，便只有招架之功，没有还手之力了，不行，这样下去，肯定要败北，我决定背水一战，先歇会儿再说。

这让我想起来《九品芝麻官》里的场景，周星驰的语言风格我崇拜万分，但今天我却没有用到最好，后来，我决定变换一下方式，来她个情景交融型的招式，这时候，我仿佛看见周星驰正在那里口中悬转着日月星河，整个地球开始震颤啦！

下半场开始，我便单刀直入，"既然贵姑娘这么相信爱情，又说了这么多让人伤心的话，那么，请问，贵姑娘是否现在已经坠入了爱河里，或者说是正在用你所说的方法对自己的恋爱进行疗伤？"

这句话，看似简单，我却捅了这世上最大的马蜂窝，秦可可的玉唇轻动，开始是颤动，后来是震颤，再后来变成了泪如雨下，最后来，便是翻江倒海，一场毫无生机的青春赛事就这样匆匆忙忙以我的失态落下了帷幕。

（4）如果你学习追得上我，再谈后事

几天后，这场风波依然以"先进先出法"的规律开始漫延，这场闹剧造成的后果比法国世界杯还要惨烈，我本以为自己是无心，没想到却换来一场无意义的伤害。

幸好这件事没有提到"上纲上线"的高度上来，秦可可也没有像以前那样上班主任那里告我的黑状，而是以一场眼泪结束了这场辩论，结果是我的名誉和脸面都受了损，而秦可可呢，却以她的大度和自信赢得了满堂彩，就连母亲也说我没出息，还不如一个弱女子，这让我的脸往哪搁呀，不行，我必须找机会向她说清楚利害关系才行。

那天放学，我在她必经的路口等她，像这样等她，已经有好些次了，但每次都是以一场没有欢颜的尴尬而结束，但这次，我是真心等她的，等待她的原谅或者叫作理解吧。

我对她说："秦可可，对不起，我认真地向你检讨，我不是故意的，请你放心，我会报答你的，看我的行动吧……"

所有的语言都是我的军师替我草拟好的，有些机械，却又能打动人的心灵，我真佩服这小子的才情，如果是我，练一千遍也写不成这么俏皮的语言风格，让人听了回味无穷、深深怀念。

秦可可没等我念完，脸上便红云千朵开，她好像对我的出现没有太大的准备，瞬间便变得吞吞吐吐，好像有什么话，却又无法表达出来。

最后，她只对我说一句话，"如果你学习追得上我，再谈后事吧。"

直到这时，我才突然想明白，原来我已经落到了她的后面，因为在前天的测验中，我的数学只考了个 91 分，比她整整低了 6 分，此时此刻，我感觉无地自容。

接下来，我像变了个人，开始以自我的努力来实现这个所谓的青春诺言，我想我会超过她的，因为母亲说过，青春期的女孩事多，脑筋发育得慢，所以，在青春期里，所有的男孩子会变得很聪明，这一点，我发育得早，在身体上肯定比她有优势。

(5) 如何化敌为友

两次考试成绩公布了，我们杀了个势均力敌，不分上下，而此时正到了期末考试的关键时刻，我正以不可逆转的趋势向冠军的领奖台上猛追，身后，是秦可可的无奈的眼神和弱小的身躯，我真想停下来等等她，但时间不等人呀，青春不等人呀，再见了，秦小姐，我古宝贝要远航啦！

箭在弦上，不得不发，万没想到我却在一场体育课上光荣地负伤，接下来，我不得不接受医生残酷的宣判，我要停课一星期接受治疗，因为已经伤到了筋骨。

我无奈呀，郁闷呀，感觉天不佑我呀！！

夜晚时分，正当我一个人躺在床上等待这个期末考试以失败的业绩向秦可可缴械时，秦可可却出现了，她竟然拿着数学老师布置的考试题，说是来看看我，顺便地向我请教一下问题，并且要把试题捎给我。

这样的局面我的确没有经历过，从来没有，旷古烁今的，我不明白她葫芦里卖的什么药，但没有办法，她一边说着题，还一边为我倒水，顺便把捎来的香蕉放进我的嘴里。

这样的感动我头一次经历，因此，我不得不以百倍的精神来对待这个令人感动的小女孩，我们的题目讨论结束时，母亲已经做好了饭，我请求她留下来吃饭，她说不了，她说她每天会过来看我，顺便会将今天老师讲的重点说给我听，最后，她说："我们化敌为友好吗？我想我们应该是朋友的。"

她最后的话让我百思不得其解，我把它带到了饭桌上，我问母亲"秦可可怎么啦？"母亲说："秦可可比你聪明多了，你是个傻小子，只喜欢埋汰人，却不懂情理，这个小女孩，已经长大了，知道如何选择自己的方式啦！"

(6) 要考试了，你不要管我

在期末考试前的半个月，我终于顺利地回到了教室，幸好有秦可可的帮助，我的学习成绩没落下多少，我心里对她充满了感激之情，但竞争形势依然严峻，因为老师已经说过，今年每年级里只有两个重点大学的保送名额，这决定我们高三发展方向的问题，事关终身大事，我绝对马虎不得。

考试前的半个月，我保持着晚放学，早上学的风格，因为这是我总结出来的经验，因为"马不食夜草不肥"，一个人留下的时间总是好时间，这样我便能总结出许多喧嚣时刻不能总结出来的真理。

但秦可可却忙得厉害，听说她最近母亲得了病，她需要早早地放学回家做饭，另外还要给母亲买药、煎药，等等。

期末考试的当天上午，我像平常一样准备骑着车子上学去，就在拐角时，我忽然发现了一个身影倒在尘埃里，是秦可可，这一反应令我加快了速度。

果然是她，她是在准备上学时，翻倒在路边，幸好有我英雄在此，我顾不了许多，以飞快地速度背起她，向附近的市中医院跑去。

没想到，她醒来的第一句话就是，要考试了，你不要管我！

我没听她的，我说："考试算什么？人是最重要的，我不能离开你，医生说马上要输液，你父亲在外地，母亲又病在床上，现在，我就要负起责任。"

我的话斩钉截铁，将她所有的理由统统地驳了回去，我说"你放心吧，这次考试无关痛痒，只要是金子，我们会永久发光的，不差这一时。"

那次考试，我们意外地放手，也使得我们同时失去了向重点大学突击的保送名额，但在后来的另一条殊途中，我们携手并进，又赢得了原本属于我们的名额。

(7) 青春原来一场马不停蹄的赛事

有时候，我总想，原来属马的人都是那种宁折不弯的人，像我，更像秦可可，由于是同龄人，在我们身上，更增添了许多人不敢谈及的青春或者一些与青春无关的话题，但我们，就像两朵云，平平静静地看天地旋转，看日月星辰轮回，从不在彼此的心海里留下猜疑或者痛苦，也许这就是友谊的力量吧。

我总在想，人生真是很奇怪，明明是两个看似天敌的人，为什么经过这么多平平常常的事情却能以轻松的方式来结束一场不愉快的游戏呢？

秦可可以一种试探的口吻问我，你是说谁呢？

我说："比如说两个人，一男一女，原来关系不好，经常出现一些对打，或者恶语相加的情况，而最后呢，却以愉快的方式收场，你说这叫什么？"

秦可可说："这叫变迁吧？事物会变迁，人也会事过境迁的，或者说过了许多年以后，有些人会忘了这些平常的东西，而有些人呢，却会将彼此放在心灵最柔软的地方，让它轻轻地熟睡着。"

我不敢听她的话语，她的言论里带有太多深奥的哲理，让我这个涉世不深、阅历太浅的人看来，好像有人在用一场赌博拉走我的心，我接收不了，或者心旌荡漾。

高考前，我们学校进行了一场规模较大的友谊长跑比赛，我们这些面临人生选择的莘莘学子，都以无比的热情参加了这次活动，我们想用一场比赛来结束短暂的相约，然后再以百倍的信心迎接下一场考验的到来。

那个叫作秦可可的女子还是追上我来了，她在后面笑我，我问她："怎么啦？"

她说："我已经追了你好些年啦，但我还是追上来啦！"

这时，我感觉自己的眼眶竟然盈满了泪花，再过五年、十年，还会有这么个如花似玉的女孩子在我的后面永远地追我吗？她会用一生来追赶我的匆忙吗？

所有的叛逆在青春的眼眸里形成了一种银白色的浪花，此时此刻，所有的诺言都显得如此地苍白无力，面对人生，面对未来，无论如何我们都必须迈出属于自己的一步，而这一步，只关于成功，不关于爱情。

这一场马不停蹄的青春赛事呀！

茫茫尘世的温暖手掌

那一年的夏天,当我从父母忧伤的眸子里悄悄跑出去时,我没有发现那眼神背后的凄惶和惊恐,涉世未深的我,情愿躲开父母的苦口婆心和牵肠挂肚,人各有志,每个人都有自己喜欢选择的道路在面前摆着,就看你有没有勇气走过去。

同时,我撕碎的,还有一份本不属于我的爱情往事,这是父母的功劳,在我未毕业前,他们已经为我订好了一桩奇怪的婚事,在我毕业后,在暂时待业时,父母的话语里过多的,则是期盼我的婚事和将来的孙子孙女们,他们甚至做好了当爷爷奶奶的准备,连家里的小被子都准备好了。

而我,成了他们梦想破灭的罪魁祸首,因此,当我坐上南下的火车时,我背负着说不清道不明的原因和纠缠,我知道,有一种命定的内容,不属于我挣扎的范围,但我要暂时离开。

到达深圳的那天,当我背着个简单的行李从火车站出来时,我没有把自己当成一个农村来都市的年轻打工仔,我甚至没有准备过冬的衣服,我想着,天下之大,总会有梦开始的地方。

我蛰居在打工者的行列中,因为这些人总是处在最容易找到的地方,随便哪个角落,都会看见一大堆的等待雇用的打工仔。

待了两天后,我觉得他们这种可笑的待工方法是很愚蠢的,所以,我决定动用自己的创新思维,来时,我带来了自己的学历证书,接下来,我复印了好些份,并且打了许多份个人简历,我又在报摊上买了一份人才招聘广告,不管三七二十一,在网上,我一连给十几家公司发了自己的简历。

两天后,在网吧里,我竟然看见我的邮箱里有单位回信了,并且一回就是三四家,我高兴得不得了,我整装待发,去那里应聘。

终于,功夫不负有心人,有两家单位同时要录用我,一家要求我去做打字员,一家同意录用我去做文秘,而这些,对我来说,简直就是小菜一碟。

将自己关在临时租住的房子里想了半夜后,我竟然想了一个异想天开的办法,我要同时去两家单位上班,等过了两周后,看哪家待遇高、人际关系和谐,我再留下来。

我不知道自己犯了招聘方面的大忌,却还沾沾自喜着前去报到。

由于上班不正常,在两个公司间来回跑又耽误了上班时间,我的秘密很快便在两家公司暴露无遗,几乎是同时,他们给我打来了电话,说我是朝秦暮楚的人,他们只需要是一个稳定的、固定的人员,而不需要兼职,他们通知我,明天不要再来公司报到了。

那晚我哭了一整夜,为自己的大意,为他们的无情,但工作还要找,我试着敲开了另一家对我印象较好的单位的大门,他们一见是我,便对我说:"听兄弟单位的人说你同时兼了好几个厂家的职,对不起,我们已经招满了,下次再合作吧。"

我碰了一鼻子灰,感觉有理说不清楚,我能跟他们说,我只是想了解一下贵公司的发展过程吗?

那夜,深圳下了好大的雨,我没有坐公交,身上的衣服又很单薄,等回到宿舍里，便感觉头疼得厉害，自己身上的钱财已所剩无几，为了省钱，我没有去药店买药，也没有去看医生，而是喝了几杯自己前两天烦恼时喝剩的半瓶白酒，然后躺在床上昏昏沉沉地睡着了。

一觉醒来，已经是第二天的上午10点，窗外艳阳高照，我感觉头疼得比昨天更厉害了，一摸头，烧得厉害，简直能够煮熟玉米棒子了，我试着想站起身来，却感觉浑身无力，我原本着打算今天还要出去的，我不能这样"坐吃山空"，这不符合我的秉性和父母的遗传。

但今天确实老天难为了我，我站起身来，身体的不适迫使我又躺了下来，就这样，我病倒在远离父母的异乡。

傍晚时，我感觉肚子饿得厉害，我掏了掏钱包，只剩下几十块钱了，我原先带来的盘缠在这两个星期内也花得差不多了。

我想着一会儿去下面买几个馒头对付一下算了，我甚至想着哪个地方有卖最便宜的感冒药的，我以前身体一直不错的，这回肯定也无大碍，只要药一落肚，便会马上病除。

从外面回来，我只买到了一个凉烧饼，头仍然昏昏沉沉的，感觉天有些旋地有些转。

就这样，我的哭声在傍晚时分，传遍了整座楼道，现在想起来，自己的哭声当时除了伤感外，真的可以说是一种美好的音乐，因为，它暂时减轻了我对父母的思念之情，同时，也让我的雄心万丈渐渐地回到原处，开始重新审视自己的清高和现实的处境。

哭声惊动了房东，房东敲我的门，我勉强打开了，一个身体硬朗的老人站在我面前，前两天交房租时我们见过面，他径直走进了我的屋里，坐在我的床边，拿手摁住我的肩膀。

我不知他要做什么，便挣扎着问他，"怎么了，老人家？"

他说："小伙子，你遇到伤心事了，哭啥？"

他见我热汗直流，便将手覆到我的头上，他摸过后，禁不住皱紧了眉头，"小伙子，你得了感冒了？"

我点点头，他没再说什么，而是转回身下了楼，不大会儿工夫，他又上来了，左手拿着一枚精巧的玉坠，右手紧握着一盒治感冒的药。

他对我说："不要动，你先吃了药再说。"在遥远的异乡，能受到如此的关爱，是我始料未及的，我甚至当时无法说出一句感谢之类的话。

吃完药后，他对我说："孩子，你我虽未相知，但能够见面也算有缘人，我给你做一次刮痧吧，这是民间的一种治感冒的偏方，很灵的，我的孩子，在北京上大学，每次回家时，我总会给他做一次刮痧。"

他不容分说，将我摁在床上，他翻开了我的上衣，一边用手掌搓着我的后背，一边拿起生硬的玉坠，在我的背部、腰部来回摩擦着，同时嘴里面还说着："刮痧是有讲究的，一共分三个过程，第一次刮痧要刮去身上的疲惫，人在他乡，总会有个马高凳矮的，这都不要紧的，重要的是别把自己当成外人，只要你用心，你就会有好收成；第二次刮痧，是需要刮去你身上的病痛，不要小视这小小的玉坠，却可以去邪驱魔，刮走身上的所有病毒，还你一个健康的身体；第三次刮痧，是刮心灵上的伤，遇到了失败，不要总喜欢掉眼泪，要学会用眼泪挣回微笑才行。"

一个疗程结束了，我早已是泪流满面，他笑道，"小伙子，有一点你不好，你不该总掉眼泪，不管是思乡也好，还是失败也好，这都是昨天的乌云，就像昨天的一场暴雨，已经过去了，你该打开窗户，透透空气，要不然，屋里有多闷热，我走了，以后若用得着，我还会给你做刮痧，这一楼上的所有男生，几乎都没逃出过我的魔爪。"

他的风趣让我破涕为笑。

回想着老人为我刮痧的整个过程，简直是我破茧成蝶的过程，第一次刮痧时，我感觉浑身热血流淌着，一种剧烈的刮痛使我的血液循环往复，产生出一种意想不到的力量；第二次刮痧时，我感觉病痛已经悄悄离开了我的原身，静化的灵魂是如此的安详；第三次刮痧时，昨天的失败已经离我远去，我试着从跌倒的地方爬起来，重新面对这个坎坎坷坷而又生机勃勃的人生。

从那天开始，我脸上始终荡漾着一种自信的神情，这也成了我以后人生道路上的一个诀窍，只要你自信，困难就会为你让开路。

已经过去许多年了，我仍然清晰地记得：在茫茫尘世里，有一双温暖的手掌，在我的背上刮着痧，并开导我，教我做人的道理。

愿好人一生平安。

初恋的阳光会拐弯

　　那一年的夏天，我还是一个十五六岁的大男孩，我的梦想在天上飘着，就好像墙头的草一样随风倒，我梦想着自己有一天能够成为这个世上最富有的人，也许这样的话，我就能替母亲挽回父亲的心，在此之前，一个长得像妖精一样的女人连拉带扯地将父亲带走了，甚至没有留下背影在夕阳里。

　　母亲迫于生计，只好带着我长途跋涉回到家乡定居，好不容易生活算是有着落了，我入学的问题却无情的摆在我们面前，那时，我刚上高一年级，但我却没有本地户口，在我的家乡是没有哪所学校愿意收留的，更何况，我们没有太多的金钱作为赞助，这一切，让好强的母亲一夜之间哭了好几次，也让上进心极强的我一筹莫展。

　　但日子还得向前走，母亲在用了各种手段后，仍然没法解决我的学业问题，正当山穷水尽时，奇迹出现了，母亲以前的一位朋友恰巧调到这里教育部门工作，这是母亲的一次巧遇改变了我们原有的苦恼，母亲告诉我有救了，因为她的老朋友已经答应替我办妥上学的问题。

　　我入学后不久的一个星期天，我和母亲一起提了些土特产前去朋友家里感谢人家，门开了，一个十四五岁的小姑娘站在我面前，她的清纯让我的理想一下子跑到了九霄云外，谈笑中，我得知她是母亲朋友的女儿，后来，我还知道，她竟然与我一个年级，再后来，我知道她叫姗姗。

就这样我认识了她，也就与她有了深一层的交往，一来二去，我们从相识到相知的地步，我也频频出现于她家的门口，我自愿当她的护花使者，她把我当成了她的亲人。

半年后的一天，母亲对我说她要回一次原来工作的地方取一些信件之类的物品，她叮嘱我在家里要小心些，如果闷的话，可以喊姗姗过来陪我。

我高兴得不得了，便将这个消息告诉了姗姗，我们共同约定，第二天在家里自己做饭吃，我们想当一次自己的主人，因为我们已经长大了。

第二天的早上，我却突然感到肚子出奇地难受，开始时还能忍耐，到后来，突然像抽羊角风一样的不能自已，姗姗慌了手脚，她急忙拨打了急救电话，然后，她陪着我上了急救车。

那晚，我被确认得了阑尾炎，医生要求我立即做手术。

我当时没有亲人在场，姗姗立即打电话给她母亲，不大会儿，她母亲拿着钱赶来了，我被推进手术室的一刻，突然有了一种出生入死的恐惧感，受到惊吓的我忽然大叫着不愿意进去，医生做了我许多工作，仍然没有结果。

姗姗跑了过来，她吻了我的手，对我说要坚强些，她还告诉我她小时候也被割了阑尾，这只是个小手术，没有太大的危险，你要自信才行。

她的话缓解了我的病痛，她一再叮嘱我要坚强些，只有坚强的人才能面对人生的各种挑战。

手术后，我的脸出奇地苍白，她恳求她的母亲留下来照顾我，她还驳回了母亲要为我找一个临时保姆的请求，她说她自己可以负责一切，请母亲相信她已经长大了，不仅可以照顾好自己，还可以照顾好他人。

我感觉天旋地转，不敢轻易看身体上面的液体瓶子，我没有想到自己面对困难居然是如此胆战心惊，她一直在鼓励我，多亏有她在场，否则我想我会死掉的。

但医院的房间里始终看不到阳光，使我的心痛到了极点，当她知道我的思想后，居然哈哈大笑起来，她说："这没什么，我可以让阳光拐个弯，飞到咱们的房间来。"

我不知她葫芦里卖的什么药，她飞快地跑下去了，不大会儿，她回来了，并且手里拿着两面镜子。

阳光出来了，正照在外面的墙上，我住的房间有些昏暗，阳光始终无法正常地照进来，她说："阳光也是个女孩子，她害羞得很，不请是不肯进来的，我们需要请她进来才好。"

她打开窗户，将一面镜子放在阳台上，阳光斜射着照进屋子的一角，但这束阳光与我还有相当长的距离，接下来，她瞅准了屋子阳光照亮的位置，经过几次调整后，她让阳光照在了桌子上，然后在桌子上又放了一面镜子，镜子所指的方向正好是我的床铺，一会儿工夫，强烈的阳光映照在我的脸上，我伸出手，想热烈地拥抱它。

我忽然有了一种想拥抱她的冲动感，我不顾一切地叫了她，然后用没有输液的手紧紧搂住了她，她偎依在我的怀里，这一刻，我只有请求上帝让时间停止，永远地停止。

我们的故事在阳光里画了句号，这是因为，我们这个年龄，永远无法懂得爱的真正含义，我们就像两只羞涩的小鹿，爱过了，拥有了，然后迎着风雨上路，继续前行。

已经许多年过去了，当我的胡须悄悄地爬上腮边的时候，我总会想起那段难忘的初恋故事，想起那个上午会拐弯的阳光，我总会告诉自己，岁月的季节会改变，但有些人却永远印在了记忆深处，这一切，无关于海枯，更不会有石烂，却让人无法忘怀，无法忘怀，只因为我们付出了真爱。

有一种活法，叫风骨

那一年的夏天，为了弥补家庭经济上的不足，我自作主张地在学校的贫困生申请表上签了字，我所做的一切，只是想替父亲分摊一些我上学的费用，因为，学校有规定，一旦被确定成为贫困生，将会被免去全年的学杂费，而这些费用，足够我家一年的生活开支。

最后，学校里，只有我和另一名叫作嘎子的学生被作为准贫困生的扶助对象，之所以称为准贫困生，是因为上面只给了一个名额，所以，我和嘎子中间只有一个人能成为正式的扶助对象。

接下来，学校里准备组织家庭调研，学校将分别派两名老师前往山区里的我们两家做调查，然后在决定最后的名额归属。

我和两位老师走在崎岖不平的山路上，这里寄托着我幼年的梦想，我真想有一天能够飞出这贫瘠的地方，到外面展示自己的才华。

到家里时，已经是中午了，父亲急忙上前迎接，然后把两位老师接进砌满石头的院子里，父亲说："今天早上喜鹊不停地叫，我就知道今天有贵客迎门，欢迎老师来做家访。"

父亲做出欢迎的动作，我急忙对父亲说："老师今天过来不是做家访。"

说完，我招呼老师坐下，然后把父亲和母亲拉进里屋，向他们详细说明我的申请以及和嘎子之间发生的故事，最后我一本正经地说："只有一个名额，所以，我们必须要抓住。"

父亲低着头想问题，一会儿问我："那个嘎子家境如何？"

我说："比我强不了多少，他父亲上山打柴折了腿，全靠母亲纺线过日子。"

父亲最后对我说："这个名额我认为应该归人家，我们不能要，我们的家境比他强，况且我和你娘还能挣钱。"

好说歹说，父亲骂了我一通，说我有势利心，年轻轻地不学好，我觉得一肚子的委屈，自己本来是好意。

父亲去了外面招呼两位老师说话，并且转回头对母亲说："娃他娘，今天有贵客，把家里的鸡杀上一只。"

接下来，他乐呵呵地笑着，对两位老师说："没啥，只要孩子听话就行，关于学费的问题我和娃他娘都认为不算啥事，我们有能力承担，请转告校领导。"

两位老师吃惊地望着父亲，我站在院子里，感觉眼眶里都是泪水，我真的不明白父亲为什么会做出这样的决定，这样会损害我的尊严。

娘在院子里抓鸡，几次都没有抓住，父亲过来帮忙，院子里鸡飞狗跳的，抓到时，父亲对两位老师说："家里每年都会养几十只鸡，足够生活开支啦！"

那天上午，父亲还破例取出了存放了十来年的老酒，那天，父亲喝得大醉，那晚我没有回校，夜里醒来时，我听到父亲的咳嗽声和母亲的啜泣声。

许多年过去了，那件往事也随着父亲的病逝永远尘封在我的记忆里，直到多年以后，做了父亲的我才忽然明白父亲的良苦用心，他是在用一种坚毅告诉我活着的另一种坚强，我们贫穷却不卑微，善良却不自私，他甘愿把指标让给别人，只是为了树立我在走投无路时不得不博的奋斗决心，在绝境面前，最容易锻炼一个孩子的创造力和潜力。

原来，在这世界上，有一种活法，叫作风骨，它是另一种珍贵的品质，永远激励着一个孩子蓬勃向上、永远奋斗的心。

那一场厉兵秣马的暗恋时光

(1)

我收到一封奇怪的信,里面只写着"我爱你"三个字,字轻情重,我本来素面朝天,平日里均以自恋的姿态傲世万物,但现在,面对这样一纸条,我哭了个稀里哗啦。

之所以哭泣,不是因为我不想爱,而是因为这场爱来得太晚了,我本来已经计划好如何安排自己余生的时光了:好好考一所大学,然后谈一场鸡飞狗跳般的恋爱,最终找个平凡的男人嫁了,相夫教子,过完一辈子时光。

所有这些,来源于环境的熏陶与母亲的苦口婆心,母亲叮嘱我千万不要理会年少的承诺,一切皆如浮云,唯有成绩才是最真的梦。

我一直秉承着这样的理念生活着,直到这张纸条的出现,这让我措手不及,来不及思索,只有好好好地珍藏。

(2)

我暗中调查,才弄清楚事情的来龙去脉,给我写信的人,竟然是他。

姜小恒,青春年少,满腹才情,众人眼中的焦点,他的眼里竟然有我。

看到他,就想笑,不敢笑出来,不见他,心思恍惚,如果他在场,我的成绩会稳步提升,在体育课上,如果没有他的出现,我会以萎靡的姿态等待体育老师的责骂。

这是青春在作祟吧？不管如何，爱情才刚刚开始。

我知道他从不吃早餐，时间久了，一定会把身体搞得每况愈下。我心疼他，每天早晨，总是第一个跑到早摊点上，为他买一大杯牛奶，然后偷偷地放到他到抽屉里。

他手垂下来，总会遇到那丝暖，继而回过头去四处打探，我埋下头，只做出无关痛痒的姿态，他喝得香甜，而我以这样一个坚持，将他养得白白胖胖的，我乐意。

(3)

那个傍晚，我崴了脚，竟然在半路上遇到了他，他忙不迭地将我背在背上，那一刻，我陶醉了。

他竟然鼓励我，说老师的批评是对的，你应该扬鞭快马，考上理想的学校，不然，会辜负自己的大好青春。

他的话成了我进步的催化剂，当我开始以崭新的姿态面对一切时，老师们竟然惊讶于我的潜力，在一次意外的测试中，我拿了个全校第一名。

高考过后，我曾经想过找到姜小恒，却无法如愿，我保存的唯一电话簿，在时光中被烧成了灰烬，虽属意外，却是天意使然。

(4)

同学聚会，悉数到场，早已为人妻为人夫。

当时的那张纸条，竟然浮出了水面：竟然是一个女生的恶作剧。

没有怅惘，年少与成熟本来就相距甚远，我只有感激，如果不是他，我就会失去唯一的崇拜偶像，也就没有现在的事业辉煌。

那一场厉兵秣马般的暗恋时光，终究会落幕，终究会一笑置之，每个人都有自己故事的原生态，而我与姜小恒，却以这样的相约为各自的人生筹划了一场精彩迭出的戏码。

再见了，姜小恒，再见了，那一场厉兵秣马的暗恋时光。

第三辑

总有一种青春让你泪流满面

一期一会的青春，其实不需要过多的关照与爱慕，就像古代女子的唇彩，在笑不露齿的年华里，好歹遇上了，好歹忘了吧，记得不记得，都是你我青春的疼痛与挣扎。

丁丁猫与当当鼠的快乐生活

(1)

丁丁猫是个大男生，当他还是小孩子的时候，有一次他陪着他的父亲老猫去一位朋友家玩，当时他们还都不叫丁丁猫和老猫，在朋友的家里，丁丁猫发现一个长得像老鼠一样的小女孩，当时，她正蹲在门口玩玻璃球，她堵住门口不让他们进去，说家里正闹老鼠呢。

后来，老猫好说歹说，终于说服她相信"我们就是过来帮你们抓老鼠的"，她才停止了阻止行动，她看到这俩人的面容后，竟然哈哈大笑起来，说他们长的还真有点像猫，她说："小孩子像开飞机的丁丁，就叫丁丁猫吧。"

丁丁猫是那种害羞的男生，他不愿意与任何女孩子打交道，他只想过着属于自己和父亲和母亲三口之家的生活，在交际方面，他天生有着欠缺的材料，但是，看到有人攻击他们父子二人，他还是忍不住在内心里诅咒她，她跑动的样子确实像只老鼠，所以呢，以牙还牙，他暗地里给她起了个名字叫当当鼠，因为她的身上带着个小铃铛，跑起来乱响，叫当当鼠再合适不过啦！她的父亲大人自然而然地应该叫作老鼠啦！

老猫与老鼠在那里叙旧，让两个小孩子在堂屋里玩，他们从一开始就建立了敌对的情绪，所以，他们玩得并不开心，当当鼠老是护着自己的玩具不让丁丁猫玩，所以，他对她说："我长大了，会买上一屋子的玩具，馋死你。"

当当鼠最后妥协了,说:"如果你长大了能够送我一屋子玩具的话,我可以把的皮皮鲁送给你。"他答应了,俩人破涕为笑,拉了手指头,算是永不反悔。

(2)

因此,在以后的日子里,俩人的感情好了起来,他们总是互相催促着各自的父亲到对方的家里去做客,这样就给了他们接触的机会,有一次,他们偶尔谈起快乐这个词来,一向内向的丁丁猫喜上眉梢,因为他们老师正在做一个关于快乐的短语征集活动,所以每逢有人说起快乐的事情来,他总会认真地记到脑子里,然后到课堂上与同学们分享,以增强他在老师与同学们面前的知名度。

最后,他们意见一致了,那就是快乐不是属于自己的,而是要让所有与你相处的人快乐,才是人生的最大快乐。

以后的日子里,他们由于搬家,两家来往少了,他们也各自为政地生长着,直到有一天,已经上大学的丁丁猫在大学校园门口看到了一个高挑的身材的女孩,她说她叫当当鼠,俩人对视片刻后,禁不住大哭起来,原来十年的时光虽然使容颜发生了很大的改变,但俩人的心并未改变,他们共同向往快乐的心情始终惺惺相惜着,重逢使他们找回了童年的感觉,对此,他们倍加珍惜。

俩人在一起时,绝对不谈爱情,他们说他们的友谊是从小建立起来的,已经超越了爱的范围,爱容易对人造成伤害,所以,谈爱就俗了,他们就在心里互相珍存着对方,然后快快乐乐地度过在校生活的每一天。

(3)

暑假时,他们说为了使对方更加快乐,他们决定分开一段日子,等暑假结束了,再见面时陈述各自的幸福时光,俩人共同分享。

于是，他们各自安排了自己的活动空间，他们在火车站对视了片刻后，握握手，以示告别。

内向的丁丁猫在上车时竟然流下了热泪，他不知当当鼠会不会为自己落泪呢？他们都没有手机，所以，他们只有把对方装在内心里，永远地思念着。

他们分别没有告诉对方自己的目的地，丁丁猫去了云南，在那里，他看到了绝不同于家乡的山山水水，也过了一段野人般的日子，他觉得很充实，就是在月朗星稀的晚上，常常会想一个人，那种心绪他也说不清楚，但俩人说好了分手是为了快乐，所以，他觉得男子汉应该更大度一些才好。

在夜晚来临时，他总是坐在天井当院里吹箫，箫声很悠扬，吸引了众多的鸟儿来到他的身边，不知不觉的，他在天井院中睡着了，醒来时却感觉头疼得厉害，他生病了。

他的身体一向很弱，在家里母亲总是为此担忧。此刻病情袭来，他难受极了。

这个地方缺医少药的，临来时什么都准备了，却忘了准备一些常用的药品来。

他翻遍了自己的行李，却在最下层的一角发现了一包药，看到药时，他忽然想到当当鼠，装药的袋子他最熟悉不过了，那天当当鼠去外面转了一天，来时，他发现她提了这种袋子，原来她为他准备好了药，这种感激之情溢满他的心里。

(4)

当当鼠是天生的乐天派，她绝不是那种孤单就可以吓倒的人，她去了冰城，一个人躲在漫无边际的雪地里看天空的苍茫洁白，她只是觉得少了一个人，如果当时俩人都互相妥协一下，能够共同出发的话，是否会减少一些寂寞。

但他们都是那种很懂得轻重的人，绝对不会在对方之前吐露心中的实情，矜持些是必须的。

夜晚，当当鼠翻出了一张纸条，然后诡秘地笑着，上面写着云南的字样，这是在丁丁猫的书桌上发现的，上面还写着一些她没见过的地址名称。

她拿了地图，想着丁丁猫一定在云南的这个地方蜷缩着，他想瞒过自己的眼睛，是不可能的，她的内秀帮助了她迅速掌握了他的动向。

她想着此刻丁丁猫可能睡着了，父亲不让自己买手机，现在就是对方丢了都没有信息，可怜得很，她努力回忆着丁丁猫的身影和笑容，害怕再见面会突然认不出他了。

丁丁猫有些好转了，他决定提前结束自己的行动计划，这次旅行他没有找到所预期的快乐滋味，倒是身体损耗了不少。

他匆匆忙忙地跑到车站时，却被一两声寻人启事吓了一大跳，候车室的喇叭在不停地广播着他的名字，说让他到二楼大厅报亭下，有人要见他。

这个鬼地方，居然有人要见他，他突然想到了，这会不会是一场骗局。

(5)

但他的候车地点就在二楼大厅，他必须经过那里，这么多人，无论如何谁也不会迅速认出他来，索性低着头偷偷过去也好。

当他的步伐轻盈地迈进二楼候车厅时，他惊呆了，当当鼠正捧着一只玉米棒子在那里啃个不停，她的嘴有些碎，掉了一地的玉米屑，许多打扫卫生的保洁员围着她在数落她，她全然不理会，只是眼睛一眨不眨地盯着进口的方向。

俩人坐在椅子上，当当鼠偎依在他的怀里，说："找到快乐了吗？"他摇摇头，由于扁桃体发炎，他懒得说话，如今连抱着她的力气都没有了。

当当鼠一下子抱住了他，说："我抱你吧。"丁丁猫一个趔趄，说："不行的，男子汉大丈夫怎么能让一个女生抱着，不成体统。"她说："你死要面子，你都病入膏肓了还嫌酸嫌辣的。"

他们俩人的出行失败了，他们都没有找到想要的快乐，上车后，两人很快进入了梦乡。

梦境中，他们听到有人喊救命的声音，睁开眼，他们发现有一个小偷模样的人正在那里威胁一位妇女，那女人手里还抱着一个孩子，孩子开始哭了起来，所以的人都麻木地看着，无人上前阻止。

当当鼠练过两天女子防身术，她是那种特别仗义的人，她没有跟丁丁猫商量，便一马当先地从椅子上跳了起来，她一个飞脚，把那小偷踹倒在地上，丁丁猫也风风火火地跑了过来。

正当他们准备去扶那妇女时，小偷竟然回过味来，一把匕首刺向当当鼠，丁丁猫看见了，急忙去救她，但他的手慢了一些，匕首刺在他的手臂上。

当当鼠在众人的帮助下，抓住了那狗贼。

只是为了救当当鼠，丁丁猫受了些轻伤，没有大碍，当那妇女向他们道谢时，千言万语的感恩使他们备感助人为乐的幸福，找到了，找到了快乐与幸福，他们互相拍了拍手，然后拥抱着滚到椅子上。

(6)

回来后，他们的关系更铁了，他们都写下了心得，当他们不约而同地念出来时，写的竟然全部是列车上救人的危险一幕，当他们念到丁丁猫替当当

167

鼠挡了一刀时，当当鼠哭了，平生第一次哭，只为了面前这个一向脆弱在关键时刻却刚强的男孩。

但好景不长，一件往事却让他们感到吃惊，他们终于弄清了两家后来不常来往的缘由，老猫与老鼠在相处了一段时间后，他们互相猜忌对方，说他们都是利用对方的位子，当他们终于有一天感到水与火不能再相容时，他们选择了搬家。

这件往事是他们回家时，各自的父母告诉他们的，他们绝不允许自己的儿女有一天能够在一起，这是他们下的死命令。

老鼠在当当鼠临走时，还跟她说有一个好男孩也在你们学校，他的名字叫乖乖虎，他让当当鼠迅速离开丁丁猫，然后与乖乖虎进入恋爱阶段，他说他们两家人已经说好了，他们替各自的孩子私订了终身。

岂有此理，但在当当鼠与丁丁猫再见面时，俩人对视了片刻后，握了手，然后迅速地离开了，他们不敢违背父母的誓言，谁叫他们都是好孩子呢！

在老鼠的鼓励下，乖乖虎开始向当当鼠发动总攻势，他家有钱，他甚至为她买到了她愿意要的任何东西，几天后，她的寝室里就摆满了他送的礼物，大型的比如电脑，小型的比如 mp3。她开始时惦记着丁丁猫，俩人毕竟相处了那么长时间，但时间久了，由于老不相见，与木头相处久了也会生出感情的，她开始重新度量自己的爱情，包括面前这个长得高高大大的乖乖虎。

(7)

半年后的一天，当他们的关系已经进入最快乐时刻时，突然有一天，她在街上看到了一个熟悉的身影，丁丁猫的脸苍白得很，那天，他正在塑料厂的门口给人家做苦工，一脸的臭泥，衣服脏得不得了，她心疼地走过去，看到他时，她再也忍不住问他，"你怎么了，好久不见还好吗？你是不是病了？"

他摇摇头，说："没关系的，我在完成一个心愿，我正在攒钱。"她说："你需要钱吗？不够的话我给你吧，别作践自己了。"

他说："大男人怎么可以用女孩子的钱，你应该快乐了吧？"包工头在后面骂他速度太慢了，他转回身走了，只留下当当鼠的回音在他的耳畔回荡，也许快乐吧。

那天，他们去准备订婚的礼品，在遇到一位老同学时，突然听到丁丁猫病倒的消息，同学认真地说"他太傻了，听说他在努力挣钱完成一个心愿，结果把自己撂倒了，什么心愿谁也说不清楚。"

她发疯似的向他的寝室里跑，跑到时，忽然听到了满屋子风铃响动的声音，打开门，她发现他的屋里堆满了玩具，一层接着一层，在玩具的尽头，是丁丁猫疲惫的身躯。

他病得很厉害，只是他没有忘记，许多年前，他曾经答应一个女孩子，为她买上一屋子的玩具，现在，他终于实现了。

当当鼠搂住了病重的丁丁猫，叫了救护车向医院跑。

阳光灿烂的一个上午，丁丁猫醒了，当当鼠说："你醒了，我已经谢绝了所有的爱，包括亲情，专心来守护你，这样子你就永远不会孤单了。"

丁丁猫挣扎着说："你这样做会后悔的，你愿意永远跟随一个病人吗？"

"不，快乐是需要保养的，身体也是，我就不相信，凭我当当鼠的本事，没法将你的身体养得比猫还胖。"

他们幸福地拥抱在了一起。

张开天使的翅膀飞翔

我时常记得自己瘸着腿,想攀上那一级级难以跨越的台阶,无数个游人从我面前匆匆而过,他们的眼里藏满了功利,他们没有看到一个需要帮助的人正颤抖着灵魂在寒风中游荡,那时,我真的体会到了孤独无助的凄凉,因此,很长一段时间以来,我一直将自己关在家中最阴暗的角落,慢慢地,我的心中结了茧,生了锈。

那一天上午,实在是因为自己的几张稿费单要到期了,我不得不拿了身份证,艰难地蹒跚着到隔着几条街的邮局去,好久没出去了,没想到春天竟已经来到了这座城市,春风也荡漾在每个人的脸上,我沿着刚刚下过春雨的大街,眼看着一个红灯绿灯在自己疲惫的眼里摇晃着。

我需要过一个天桥,街对面就是我的目的地,台阶有些滑,人又多,我只好等着,我对现代人的文明观始终持怀疑谨慎的态度,几年前的一天,我也是要迈过十几层的台阶,也是在雨天,几个都市人飞跑着从我身边急驰而过,我被他们撞得跌了一跤,然后,结果是我像一只皮球一样从台阶上跌下来,我哭了好半天,都没人理睬我。

所以,我不得不慢慢地前行着。

正在此时,我忽然听到了竹竿敲地的声音,转回身来,一个盲童站在我的面前，她也要上天桥，她试探着上了几次，都没有成功，她无法抵挡熙来攘往的人群，我好心地上前，对她说："姑娘，等会吧，我等了好半天了，等上班的高峰过了，我们再走。"她点点头，和我站在一起。

人流稀少了，我拽着她的手，小心翼翼地盘旋着迈上一级级的台阶，我们好像两个同病相怜的人偎依在春天的角落里，等待着阳光爆裂的瞬间。

我们走了好长时间，台阶上面沾满了过往人群脚底的稀泥，路更加难走。我们慢慢走着，我珍惜这种难得的关爱，和一个同样可怜的人走过春天的感觉，永远在我的内心深处驻足。

分手时，她突然对我说："你是天使吧？"我怔了一下，我是天使吗？

"我妈妈说，天使常常会帮助人渡过难关，他长着灵巧的翅膀，能够指引我们的正确道路。"

我的眼角湿润了，微不足道的一点善意，竟然换来了一份天使般温暖的感恩，我幸运自己能够成为别人眼里的天使，不管自己是否合格，我都会努力争取的，现在不是，也许将来某一天，我可以展开翅膀，在繁忙的人生道路上飞翔，为自己，为他人，为世间受磨难的人。

我时常记得那个平凡的上午，那个小女孩感恩地对我说："感谢你的手温暖了我的心。"

君士坦丁堡的自动回复

　　庄子眉是被左胭脂赶走的，当天，我碰巧因为失恋的事情伤心，而他们二人作为父母，竟然从来没有将我的事放在他们的心上，我怔怔地看着他们将离婚协议书撕成了碎片。

　　自此后，我跟了左胭脂，我得到的一面之词便是：庄子眉有了外遇，这为世人、特别是自己的女儿所不齿。

　　我恨透了庄子眉，皮肤白皙，看起来文质彬彬的，却尽做些吃里爬外的事情。

　　左胭脂一直拉拢我，这也是我顺从地跟着她旁嫁给另外一个陌生男人的主要原因。在新家中，我是配角，默不作声地逆来顺受，另外还有一个横眉冷对的胖男孩，一点儿也没有男孩子那样的慷慨，时而挑衅我的神经，或者将我的那份的食物瓜分掉，只剩下一堆残羹剩饭。

　　左胭脂开始享受起来，这是新老公给她的最高礼遇，在以前，庄子眉会叮嘱她不要老躲在家中打麻将，要去外面做些事情，一是有利于身体健康，二是挣点钱补贴家用。新老公不差钱，每天云里来雾里去的，左胭脂需要照顾他的起居与另外一个男孩的日常生活。

　　那一段时间，我的身体糟糕地要命，可我不敢告诉左胭脂，她总会在麻将桌前搓麻，讨厌的声音惹得我无法完成作业，我懒得理她，便让自己的身体索性坏到透顶。

失恋的痛苦让我痛不欲生，学校里的班主任竟然在全班面前对我下了最后通牒，就差给我的母亲左胭脂下邀请函了，老师知道我的家庭状况，不敢惊动左胭脂，便拨通了备存的庄子眉的电话。

他来时，皮肤黝黑地像包黑炭，没有数落，将我拉到榕树下面，嘘寒问暖着。我不回答他，现在，我们只是陌生的路人，他有自己的新家眷，而我，只不过是无足轻重的角色罢了。

他从口袋里将大把大把的零钱掏出来，塞满了我的衣服口袋，我没有告诉他我身体上的痛苦，只是捂着肚子，痛苦不堪地狼狈地回转教室里。

我学会了上网，是想找个人分担一下痛苦，竟有一个群主动拉拢我，我好想找个人倾诉一下内心深处的苦闷，我选择了同意，那个群有个很好听的名字"君士坦丁堡"。

群内只有十个人，群主的头像十分生动，竟然对我的到来表示欢迎，一系列清纯可爱的图像瞬间飘浮在眼前。

这个群内的空气十分清新，群主与群员十分积极地发言，讨论人生的各种难题，群主说自己是个心理医生，会给予解答的。

三天工夫，我便将内心的实情和盘托出，群主回了个大大的流泪图像。

静默了好长时间，我不知道如何形容自己的唐突。对一些陌生人，说出自己的真实感受，包括自己父母的糗事，包含自己的恋爱经历，一个17岁的中学生，哪堪忍受如此多的江湖风雨？

"你太可怜了，你的父母亲严重失职，你需要重新振作起来，你要照顾好自己的身体，有病要看医生，至于心理问题，我可以帮助你免费治疗，相信我，相信我们，相信我们的君士坦丁堡。"群主回答的话让我顿生暖意。

每天晚上做完作业时，我便会沉浸到手机QQ里与大家畅所欲言。在此期间，左胭脂与老公外出旅游了，只落下我与胖男孩在家中，胖男孩老欺负我，我还得为他做饭，还是要看他的苦瓜脸。有一天，我做出反抗，他竟然扇了我的耳光，当我将自己的遭遇一股脑儿在群里发出来时，竟然看到了义愤填膺的回复："我们群主有责任帮助你，揍了他。"

第二天一早，就接到了胖子在学校挨打的消息，满脸是血，据说打他的是一个矮瘦的家伙，如此应验，我忙不迭地在网上公示消息，群主煞有介事地吹牛道："无他，唯手熟耳。"

我的爸爸庄子眉来看我，他一脸憔悴地问我在此是否幸福？是否愿意跟随他？

我丢给他一脸难堪，我说道："你们都有自己的幸福，唯我没有，我不需要你们的假惺惺。"

庄子眉解释着："我一个人，至今一个人，不信，问天问地问良心。全是你妈妈的谎言，没看出来吗？她早就预谋好了，说我有情人，我这个瘦弱的样子，谁会看中我，我一无钱，二无貌，可能吗？"

我轰他出门，听到了他无奈地叹息声："英子，有空了回家看我。"

左胭脂的老公开始对我的表现不满意，有一阵子，他们轰我回学校去住，理由竟然是我耽误了他们夜晚的娱乐生活。左胭脂想阻拦，便一想到她需要人家的钱后，便选择了沉默。

我头一次去找了庄子眉，看到我进门，他从电脑后面站起身来，脸色煞白地招呼我，在满是垃圾的屋中，我找个干净的角落坐下来。

他电脑上的QQ头像不停地晃动着，他不好意思地笑笑。

我害怕打扰他的好事，于傍晚时分不辞而别，满耳尽是全是他歇斯底里的狂吼声："我的女儿呢，她去哪儿了？"

大雨如注，我躲在一处无助的角落里落泪，我真的成了孤家寡人。

照例上网聊天，群主竟然不在线，群员们一个也不在线，我无可无不可地在网上留了言后，请群主看到了回复我："我遇到了难题，我的爸爸想要回我，我不知所措。"

才听到一个不幸的消息，庄子眉竟然住了院，据说是大雨的当晚，跌进了下水道里，额头严重擦伤，我去看了他，毕竟有一脉相承的血缘。我到时，左胭脂居然也在，提了大把大把的食品，他们不说话，庄子眉招呼她坐下，她无处容身，看我进来，夺路而逃。

头一次，我们真心地说了话，天南海北地聊天，他竟然与我谈起了爱情，谈他和左胭脂过往，他对我的爱情故事了若指掌，叮嘱我现在不可恋爱，将爱埋在心里，等上了大学，储存好的爱情资历便可以随便运用。

他白天在一家工厂打工，晚上回家时便吃泡面，本来身体就弱，这样的折腾使他自己苦不堪言。

他一直没有找到合适的，原来，所有的故事全是左胭脂的生搬硬套，我有些同情他的遭遇。

我一直没有收到群主的回信，这令我十分遗憾，可能是他遇到了变故，家门不幸，或者是爱情受挫。每个人都在念经，但每个人都有念不好的时候。

我拿了钥匙去庄子眉家里，在破烂不堪的家中为他寻找一件像样的衣服，可是所有的衣服不是潮湿得要命，就是早已经破损。

竟然看到了他的电脑，QQ头像闪个不停，我好奇地翻阅起来，竟然"君士坦丁堡"群，信息全是我发过来的，他是群主兼十个群员。

我突然间号啕大哭起来。

我用自己的零花钱，为他买了一身像样的衣服，他出院时臭美地与我一起回家，我可以正大光明地将手臂挽在他的胳膊里，遇到熟悉的同学时，我会名正言顺地给大家介绍：我的老爸。

我回到了庄子眉的身边，尽管左胭脂不依不饶，但是她无法阻止我的执着，我要送给父亲一份晚到的幸福。

家中恢复了生机，父亲可以郑重其事地坐在电脑前面写自己喜爱的文章了。

课间十分钟时，我在手机上好奇地加了父亲的QQ，给他发了个问候信息，对方竟然传来了自动回复："我亲爱的孩子，爸爸热烈地欢迎你回家。"

那道被隐藏的伤口

他是班里"恶贯满盈"的角色,如果不是我这个班主任对他的期望有所保留,恐怕他早已经被"流放"或者"驱逐"。我一向倡导以仁义治班,而他,往往成为我仁义旗帜下的"漏网之鱼"。

我大刀阔斧地对班级进行整顿,所有学习不好的学生无一幸免,均要被我"升堂"后签下"生死状"。

他愚笨得要命,家境不好,却不知道心疼家里的血汗钱,身体里燃烧的青春火焰时时刻刻想热烈地表达出来,他经常让班里鸡飞狗跳的,我用尽各种伎俩依然败北,后来,我选择了逃避,我心想着,到了这个期末,便让他远走高飞。

那个下午的课间十分钟里,班里居然发生了恶性打架事故,我赶到时,才知道真相,一名学生与另外一名学生由于口角而大打出手,幸亏是他依靠自己的人高马大才予以制止,我看到他时,他正旁若无人地谈笑风生,我看到他的手藏在衬衫下面。

没有想到这个时候,他的父亲,一个壮得像山一样的男人,竟然走了进来。

他显得张皇失措,藏在衬衫后面的手不停地抖动着,我知道他受了伤,因为空气中一股子血腥的味道。

我刚想提醒他马上去医务室包扎，而他以眼角的余光提醒我，我知道他是在躲避自己的父亲，我犹豫片刻后，改变了主意。

"他表现如何？"声音气贯长虹，似乎是想搞定自己儿子的一切罪恶行径。

他一边问着话，一边将自己的目光从儿子的身上移送到我这个班主任身上，同时嘴里面嚷着："这小子就是缺揍，没事时，老师，你揍他一顿，权当是替我教训他了，打不坏的。"

我不知道如何回答，他却回答道："没事的，爸，我挺好的，老师待我好，我进步了，学习。"

我违心地点头表示同意，头一次，我没有为自己撒的谎感到内疚。

我看到了地板上滴下的血，还有他痛苦的表情，我好想将他做的好人好事抖搂出来，但他坚定的目光是一种拒绝，我要保护他的少年尊严。

我设法将他的父亲请到了办公室里，并示意其他同学送给他帮助。

我这才知道他的家事：母亲改嫁，父亲对他非打即骂，辛苦挣来的钱几乎全给他交了学费，指望着他能够出人头地，飞黄腾达。

我用一道道谎言安慰了一个家长的良苦用心，临走时，这个五大三粗的男人眼角竟有热泪涌出，他说我是天底下最好的老师，我汗颜。

他坐在我的面前，中规中矩，感谢我帮助他渡过了难关。我说："你怕啥？做的是好事呀，你爸爸会高兴的。"

他回答道："我怕他担心，不想让他知道我受了伤。您放心，老师，经历了这件事情，我长大了，知道该怎么办。"

这是我迄今为止听到的最简单却最富有激情的答案了，他苦苦死守着自己受伤的消息，并不是怕父亲揍他，而是怕父亲担心，怕他的农民工父亲在晚上加班时分依然惦念着他的伤口。

那道被隐藏的伤口，总有一天会痊愈，但它带给我们的思考与爱，却恒久在生命的天空中回荡，我知道他以后一定会成为一名优秀的学生，将来会成为一个优秀的儿子、爱人和父亲，因为，在他的血液里，流淌着一种至真至善至纯的情愫，那也是一种爱呀！

一盒饭，一辈子

少年低着头，装作老练的样子摆弄着面前的几件古董。古董是昨晚偷来的，少年是班里的惯偷，几任班主任老师想扭转他的劣迹，均以失败而告终。

少年得到了甜头，早已经将尊严与面子置之度外，他变本加厉地坚持着自己的主张，他想通过这样一种复杂的方式致富，让含辛茹苦的母亲度过美好的余下时光。

少年的口袋里并没有钱，仅剩下的钱被他昨晚成功得手后，为自己压了惊，他现在盼望有识货的人迅速将这些古董买走，迟则生变。

问询的人倒是不少，大多是不懂行的人，问他这些古董出自哪朝？有何来历等等，少年不置可否，搪塞多了，大家一笑置之，当他拿的货全是赝品罢了。

大街上不停地有警车驶过，少年的心纠结成了一团，他生怕失窃人报了案，这些名贵的古董一定会引起轩然大波，他又猜测着：也许失物正如电视新闻上所说的那样是贪污所得，他们不敢贸然报警的。想到这儿，少年的脸上有了少有的红润。

依然无人问津，太阳火辣辣地照射着，少年口干舌燥的，腹内饥肠辘辘，他渴望着有一瓶矿泉水或者一盒盖饭摆在自己面前。

几个流浪的年轻人接近了他，少年顿感事态不妙，果断地收拾行装，当他准备起身时，他们却像猫一样包抄过来。

寻衅闹事罢了，少年顿感到自己突然间成了弱势群体，自己平日里嚣张惯了，原来，自己也需要保护。

那几个流浪的年轻人准备带走少年物资，他不同意，双方剑拔弩张。少年瞪大了眼睛，想象着自己已经成了某位伸张正义的江湖豪侠，但现实却残酷得很，少年挨了打，吃了苦头。

一个高大的男人，戴着墨镜出现在少年面前，他练过跆拳道，三下五除二，几个小子败了北，狼狈逃窜，刚想说感谢，那人却摘了眼镜。

少年的脸涨得通红，低下头去，原来是练过武术的班主任老师，从电动车的后座拿出一瓶矿泉水与一份盒饭递给他，然后拍了拍他的肩膀，笑着说道："小伙子，我等待着在班里与你相见。"

说完了，一骑绝尘，扬长而去。

少年在当天晚上，归还了偷来的所有古董；

次日，少年回到家里，第三日，他回到了学校里。

少年用一辈子时间珍藏着那份感动与爱，那个高大的班主任老师，维护了他本已斑驳的少年尊严。

一瓶水，一盒饭，一辈子的少年情怀。

拿烟斗的男孩

他蜷缩在豪华的别墅里，外面下着绵绵细雨，一如他曾经繁花似锦的头顶现在已经遍布苍凉，只有秋风在细数着爱或不爱的誓言，老罗伯特佝偻着风烛残年的身躯。

在昨天，他的儿子告诉他，再有几天，他就可以当爷爷了，这对于他说是又一次胜利，另一次是在 30 年前的秋天，他的儿子降临这个人世，他带着从未有过的幸福感凝望着整个人间，他的衣钵有了继承人，他的血脉得以跨越和绵延了，但一切的一切，都被他的私人医生一句毫无保留的话彻底粉碎，医生告诉他，他的生命，也许只能熬过明天，他也可能见不到另一个生命的诞生。

他嘴里念着救世语，跌坐在教堂华丽的石阶前，他真诚地祈祷，愿上苍原谅他以前犯过的所有过错，让自己的生命能够延长一段时间，哪怕等到另一个生命的诞生那一刻。

"也许，大概上帝会同意的，但我确实没有办法，你已经病入膏肓了。"医生斜眼看着他，然后，他不等他的回答，明白地告诉他他可能要走了，请他能够结算欠他半年的工资。

老罗伯特无奈地笑笑，满屋的富丽堂皇对他来说已无多少用处，他摆摆手，对他说："爱拿多少拿多少吧，现在那些对我来说已毫无意义了。"

教堂的屋子有些黑暗，他一个人认真地祈祷着，时间一分一秒像雨丝一样划过他的耳畔，他仿佛听到丧钟在远处莫名其妙地敲响，然后，墙上的那幅画跳了起来，直飞向他，那个画中拿烟斗的孩子，叫嚣着要向他索命，他无奈地与他厮打着、咆哮着，梦醒了，毕加索的那幅名画依然挂在墙角，他的记忆飞奔到了50年前的某一天。

他徘徊在一所小屋门口，屋内是一个女子的挣扎声和哭泣声，产婆一个个跑出来，他不敢也没有勇气到屋里握住她的手，鼓励她为他生下自己的第一个儿子，他的父母告诉他，如果他要是进到屋里，他很可能不会成为家中的唯一继承人，在财富和亲情之间，他做着痛苦的抉择，在大雨倾盆的一刹那，他的眼前映现了前途无量的光辉，也就是三秒钟，他离开的三秒钟后，一个死婴随着母亲的凄厉惨叫降临人间，由于救助不及时，她也离开了人世，他是在第二天早上得知他们去世的消息的，他没有流泪，他将他们当成了生命中的第一个注脚，然后轻轻地翻过，享受自己富足的生活。

三秒钟，生命里的第一个短短的三秒钟，他没有进去，更没有召集足够的医疗资源来帮助她，使她和他的儿子丧失了生存的机会。

雷电剧烈地缠绕着窗外的树枝，仿佛一个个鬼精灵挟持了这世间所有的磨难，一股股地冒出来，向他征询人世间的种种不该，他无语，然后无泪，那个可爱的孩子，正在画中猛烈地笑他，笑他的傻和痴。

老伯特开始反抗起来，他大声驳斥着这个可怕的精灵，我不后悔，永远不后悔，如果当时我选择了他们，我不会拥有万贯家财，也许我会一无所有，庸碌地过完一生，生活对我会毫无意义，我会疯掉，我不会答应与他们过一种与世隔绝、悲惨贫穷的苦难生活。

男孩狰狞着,他将时间的帘笼挑进了另一个悲哀的空间。

20年前的一次大地震,使得罗伯特几乎倾家荡产,在那次惨绝人寰的人神对峙中,他的妻子永远地离开了他,原因在于,他逼迫她回去为他取挂在墙上的那幅名画,他不想遗弃它,因为这是他东山再起的象征和希望,它的巨大价值无与伦比,她弯着受伤的腰,刨开破损的门洞,钻入了家中,不知过了多长时间,她手里拿着画到了洞口,他喜出望外地接过画,然后等待她破洞而出,也就是在那三秒钟,洞口被一声剧烈的轰响掩埋了,他错过了救她的最好时机,三秒钟,他保住了画,却失去了爱他敬他的妻子。

老罗伯特甚至没有掉一滴泪,因为他保住可以维持生计,然后大展宏图的资本,在接下来的日子里,他利用手中的画贷了款,然后凭借自己优越的智商和能力,确定了他在城中无人能比的格局,这一切都是上帝的佑护。

男孩绷着脸,无助地望着他,他愤怒地跑上前,拿手猛抽男孩的脸,一下两下,接下来,烟斗脱落了,他看到了自己的灵魂在风雨里来回地穿梭、飞翔,他感到男孩的手掉在地上,满地的鲜血淋淋。

他又一次醒了,梦没有封住他渴望生命的决心,他继续向上帝祈祷,他希望上帝能够给予他足够的时间等待他孙子的降临,那一时,他突然希望时光能够静止。

他终于躺在了床上,等待死神的降临,因为上帝没有答应他唯一的请求,他做了太多的孽,上帝希望他能够早归天堂,接受他们的斥责和神的恩赐,他摆摆手,对匍匐在身边的儿子说,算了,时光太匆匆,我终究还需要还清他们的恩怨。

在另一个房间里,他的儿媳妇正在接受着生命的另一种煎熬,这种煎熬是与生俱来的,不可躲闪的,每个人都在自己的最初和最后面临着同样的选择，在时光交错的一瞬间，两个生命擦肩而过，而一个向着生，一个向着死，他们的手甚至没有在时光荏苒的长廊里稍作一刻的把手相逢，便永远地失之交臂，而这一切，与亲情无关，只与生死相连。

老人的眼睛突然放大了，回光返照的一刹那，他充满了对新生命的嫉妒，一如他错过的两次三秒钟那样的决绝。

与此同时，远处传来了一声婴儿的啼哭声，墙上的那幅名画轰然倒地，那个拿烟斗的男孩倒在血泊里，倒计时突然停止，钟表上的最后一个齿轮断了。

他始终不知，生命对于他，是冥冥的安排，还是神祇的感召。

我们谁能明白？

八岁的玫瑰花

邻家有个男孩子叫格格,聪慧机灵的样子,很是惹人喜爱,我时常有事没事时逗他玩,男朋友曾经说过我是那种童心未泯的人,我不否认,与他暂离的日子,与格格的相处便成了生命中最快乐的事情。

他的父母是双职工,礼拜天经常加班,而我呢,是那种不喜欢被人拘束的无业游民,因此,我会在忙碌一阵后,在周末做个短暂的休整,所以,照顾格格的重任便自然而然顺理成章地落到我的头上。

他会背唐诗,有时候像个小大人儿似的很绅士地邀请我跳舞,弄得我有些哭笑不得,他说电视里也是这样的,如果哪个男孩子喜欢哪个女孩子的话,就会向前鞠一个躬,然后在一起跳舞,我说:"有些像童话,王子与公主的故事。"他调皮地笑笑,说:"是的,我看过,很浪漫的。"

浪漫这样的字眼从他的嘴里说出,我实在有些担心,这一定是网络和电视剧作祟的结果,它们在无形中加剧里这些孩子的早熟,因此,我时常教他学习算术或者文学,他总是毕恭毕敬地听着。

我们成了朋友,他经常过来,有时候很晚也不走,妈妈过来叫他,他说:"不走了,我喜欢与阿姨住在一起。"

有一天,他突然问我,"我爸爸是娶了妈妈吗?"

我猛地一怔,"是呀,怎么了小伙子?"

"那我也会娶媳妇吗?"

"是的,你长大了,就会有女朋友的。"

他一本正经地对我说道:"我娶你吧,姐姐。"

他突然改口叫我姐姐,开始时我还不自然,后来才知道他是为了与我拉近辈分,我无可奈何地对他说,"不行的,小伙子,我们年龄差距太大。"

"不,"他斩钉截铁地说道,"我要邀请你看电影,外国的,就在今晚,我已经准备好了电影票。"

他从袋子拿出电影票,然后礼貌地做了一个请的动作,受到这样的礼遇,在我生命中可以说是第一次,在此之前,我的男朋友也从未这样慷慨地对我说过如此浪漫的话语,我有些感动地拉着他的小手,与他一同到电影院,他一边看电影,一边说要吻我,我顺从地把我的脸侧过去,他亲了一口,然后说很好,电影也是这个样子的,电影结束后,他请我吃冰淇淋,喝冰粥,他埋单,老板向我要钱时,他瞪着眼睛告诉老板,"告诉你,先生,我请客,她消费,知道吗?"

老板奇怪地笑了,那笑声已经远了,他却依然那样执着,我的全身漾满了幸福的月光。

情人节那天,他送我一大束鲜艳欲滴的玫瑰花,我一直以为他是在与我开玩笑,但没想到他却当了真,说以后每个情人节都会送我礼物,我开始不理睬他,我无法告诉他,他已经触犯了我的尊严,他那么小,不可能懂的,但在他的人生观里,已经将我当成了他的新娘。

他一步不离地跟在我的后面,我回头让他走开,头一次,我对他发了火,他甚至过分地在朋友面前说我是他的妻子,我需要尴尬地给每个人解释清楚,直至最后，我对他发起脾气来，他一下子哭了。

他说他想保护我的，因为，他要娶我的，老师说如果承诺了别人，就要兑现的，你也要兑现你的诺言。

我云里雾里，问他，"我许诺要嫁给你了吗？"

他从袋子的最深处拿出一张纸，保护地很完整的一张纸，我打开来，见上面这样写着：格格，我亲爱的，如果你向我求婚的话，我会答应嫁给你的。

我突然间想起来了，这是两年前写的，然后被我像垃圾一样扔在了风中。

"你在哪里捡到的？"我急促地问他，他说："在你家门口，这是不是你的诺言？"

我该如何向他解释呢？因为，这张纸是我两年前写给我前男友的，他的名字叫作松格。

天使妈妈

  我清楚地记得父母离异的那天夜里，外边狂风暴雨地倾斜着这世上所有的悲伤，我不知道母亲为何要离我而去，只知道母亲去了遥远的边疆，从此与我各一方天。

  我躲在阁楼的天棚上没有回屋，父亲急地打了报警电话，直到后来，迷迷糊糊中我听到了父亲的呼唤声，溅在身上的冰凉使我原有的报复心瞬间荡然无存，那一刻，我才知晓，已经有一种爱远离我身边。

  在学校里，我不敢抬起头看大家，这与我的内向有关，也与大家的攀比风有关，因为大家总在说着家里的事情，妈妈买了多少玩具在等着他们，多么温馨的画面使我无地自容，我总是埋着头，将自己扮成丑小鸭的角色不停地安慰自己，我要告诉自己，这世上没有悲伤。

  到了下雨天，我总会看到一幕幕感动的情景，无数个妈妈拿着雨伞，或者开着精致的小轿车来接自己的孩子回家，我从来不敢奢望自己的家庭多么地阔绰，但仅有亲情也被父亲的整日劳苦奔波排挤得一干二净，我总是等教室里没人时再回家，我害怕自己脆弱的心禁不起一丝一毫的风吹雨打。

  感恩节快要到了，我时常想起妈妈，我想着如果能在感恩节的夜里让我见到妈妈，哪怕天使能够让我在梦里与妈妈相见，我都会感动一整年的，为此，我曾经虔诚地跑到教堂里做祈祷，原先，我告诫过自己不相信宿命，但现在，我宁愿这世间有神灵存在，我的愿望虽然卑微，但却是一件多么难以办到的事情，我将自己的心愿写在了日记本上，并且将原来妈妈写过的信件摆在上面，然后，将它们藏在抽屉里整日默诵，我相信心诚则灵的说法。

感恩节的那天上午，学校停了课，老师对大家说："晚上请大家过来，我们想开一个别致的家庭班会，邀请在座学生的所有家长过来参加。"那天下午，我试着联系自己的父亲，但一条条忙音向我倾诉着他的匆忙与我的无助，我有心晚上不过去，看到那么多家长，心里总会难受百倍的，但下课时，老师却突然对我说道："今天是感恩节，晚上我请你过来，相信你会梦想成真的"

我开始相信自己的祈愿可能会有效果，所以，我用了半个下午的时间收拾自己蓬乱的头发，然后站在镜子前，我开心得不得了，原来我长得不丑，只是缺乏包装。

晚上，教室里张灯结彩，非常热闹，许多家长过来，他们带来了感恩节礼物，我意外地收到许多他们的馈赠，我感激得不得了，几乎所有的家长全来了，也就是说，那晚，只有我的父母不在我身边，节目快到尾声时，老师快步走向讲台，手里拿着一封信，意味深长地说道："各位家长，同学们，凯蒂的妈妈今天特意为我们的感恩节写来了信，她远在边区驻防，不能回来看望凯蒂，但她希望所有的孩子能够玩得开心，并且祝愿凯蒂忘掉所有的烦恼，实现自己的理想，她是一位优秀的妈妈，因为她为了国家，不能陪着凯蒂，让我们凯蒂有这样一位可敬可亲的妈妈而鼓掌。"

我眼里的泪水无声地落了下来，我看着手里的信，上面的字迹果然出自妈妈之手，我想问老师什么，但所有的言语变成了幸福，长留心间了。

从那天起，所有的同学们都尊敬我、喜爱我，因为他们知道了我有一位保卫国家安全的妈妈，他们都愿与我为伍，我不再自卑，开始努力完成着妈妈留给我的希望。

直到大学快毕业时，我从父亲的嘴里才得知，其实母亲并不是一位军人，她远离我与父亲，只是因为遥远的边疆有着她的初恋。

那封泛黄的信纸依然摆在我的面前，上面的字迹反衬我的疑惑与忧伤，后来，一位同学告诉我，是老师，找了一位会模仿人笔迹的先生，模仿我母亲的笔迹写的信，当我知道事实真相时，那位老师早已经作古。

现在，我总会做梦梦见老师，她慈祥地告诉我："不要怀疑自己的妈妈，相信妈妈会善待每一个可爱的孩子，因为你的妈妈就是天使，而天使就在身边。"

关于一枚苹果的前世今生

（1）三月桃花香

我把自己当成了清朝的某位公主，这也许是看了《还珠格格》的后果。我好动，爱搞些恶作剧，在整个班级里，能够与我相媲美的唯有那个叫桃一巴的男孩子，我戏称他为"桃一耙"，因为他长的实在像唐朝的神话里的某位拿着钉耙的人物，并且与那位前辈一样嘴馋手懒。

没有人愿意理会我的存在，这一切缘于我与同级不同班的一个叫作"南人帮"的帮会有着密切的关联，我与那样一群不合逻辑的男孩子打得火热，尤其是在这个要命的多事的年龄里。

我与帮会头领去爬山，结果夜不归宿，整个校园里关于我早熟的消息便不胫而走，并且有人言之凿凿，说是我将青春卖给了帮会首领薛大安。

这简直是无中生有的事吗？我反抗、呐喊，直到我从所有人的眼眸中消失，直到班主任对我下了最后通牒，直到我将头手胳膊腿毫无顾忌地踢向伸向扔向薛大安，然后我将自己像个荷包一样扔进他的怀里，然后他的天空中瞬间大雨倾盆。

从那天起，薛大安才暗自后悔，他遇到一个难缠得要命的女孩子。

正因为如此，我日渐堕落起来，开始上网吧，逛德克士，吃许留山，家如果是第一战场的话，校园外的生活简直成了我的第二战场，而学校呢，成了我的游乐场，反正生活已经如此啦，没有人在乎我，我何苦在乎别人呢？

桃一巴在后面紧跟着我，手中扬着我的数学试卷："小燕子，快停下来，成绩下来啦，数学老师让你过去？你回家吗？"

我头了不回，嘴里说道，"不回家，我出家。"

(2) 来自四月的芳菲

我依然喜欢一个人围着护城河转悠，我的目标直指它的中心地带，我的思想、眼睛和灵魂早已经深陷其中，不可自拔。面对四起的流言与冷嘲热讽，想起父亲母亲狰狞的面孔，我将自己的身体蜷缩成一个圆后，好想纵身一跳洗去万千污浊，还我一个清白。

有人在后面追我，也许还叫跟踪吧，等我明白过来后，才知晓自己进入了一片荒凉地带。一个穿黑色衣服打扮时髦的家伙贴近我，继而，他一把将我拽出多远去，我像只皮球一样跌倒在地上。那一刻，我想到了自己保持十多年的青春，我想到什么叫作贞洁，我拼命地护住自己，女子防身术瞬间露出了防护的底线。

"你这个姑娘，怎么想寻短见呀！"他的一语刚出，便有一种误会油然而生。

"我没有，你误会了，就是死，我也会死得轰轰烈烈的。"

对面的男生看过来，阳光明媚透彻通灵，我看呆了，他简直像极了心目中的白马王子。

当时当点当秒，我感觉自己暗恋的生命飘浮起来，16只洁白的纸鹤瞬间将我的生命点击得如此洁白，如此玲珑。

"我刚调到11中，是位老师，你好，这位同学，我叫许家慧。"

"你好，许老师，学生小燕子，高二级理科班的班花，加个括号，是我自己封的。"

(3) 五月槐花香

桃一巴终于开始向我写情书了,那天正是许家慧的数学课。本来我对这位老师有了好感,我们又有了那样一个奇妙的相遇经历,因此,我在试着接近他,而接近他的唯一途径便是数学课。并且,我要试着改变大家对我的错误看法。

在某个瞬间,我突然觉得自己像极了一枚被刺刀刮得满身是伤的苹果,没有人在乎我的存在。他们哪里知道,我的内心依然香甜怡人,依然清纯可爱,当我将身世的糟糕与现实的欺凌相结合时,禁不住热泪盈眶,泪眼婆娑中,我看到了许家慧那英俊而又年轻的脸,不可一世得让我有些不可自拔的脸,我那时候告诉自己,我要学好功课,至少是数学,我要向他证明,向这个世界证明,我小燕子不是一无是处。

忽然我瞧见了桃一巴将一封折得瘦弱不堪的信递了过来,分明像极了他的脸。

我打开来,上面赫然写着:小燕子,你的眼泪太多了,就像这五月的雨水,滴滴淌在教室的地板上,大家的鞋子都湿了。

我怒不可遏地将那张纸团起,掷向他的脸,然后我听见桃一巴的脸与那张纸在空气中激烈的碰撞声。大家的目光同时转了过来,许家慧也看到了浑身战栗的我。

照例,我被他带到了办公室,墙上贴满了奥特曼的图片,写字台的玻璃板下面压着灰太狼的照片,书签上画着蜡笔小新的肖像,我惊呆了,他却笑我,"有什么大惊小怪的,我喜欢动画片,你呢?"

"噢,我也喜欢,我们爱好相同。"我终于为自己的这次正式会面开了个好头,接下来,我们谈了许多话题,但始终没有谈到堂上发生的那件不愉快的事情上，最后，我要走了，他鼓励我："小燕子，我喜欢你的性格，我只是希望你能够好好努力，相信自己，送一枚苹果给你。"

我看到他的手里握着一枚又红又大的苹果，我突然想到了满身是伤的自己，不由自主地紧紧握住了他的手，那一刻，无声胜有声。

（4）六月的高跟鞋

我再一次对薛大安大打出手的事情发生在某个黄昏，薛大安寂寞难耐，过来缠着我，让我陪他去外面瞎逛，我已经发誓要做一个正经的女孩子，不愿意再同他一起浪费青春，我断然拒绝了他，他不依不饶的，拽我的辫子，我怒火中烧，挥手打了他。

他会同他的"帮会"向我发起了进攻，正当大敌当前之时，桃一巴跑了过来，薛大安大声叫道："原来是你喜欢上这个瘦弱的家伙啦，让他知道知道我们的厉害，进攻他，让他死无葬身之地。"

我没拦住桃一巴，他像个瘦老虎一样扑了上去，但形势万分危急，没几个回合，桃一巴便满脸是伤地败下阵来。

我抬起脚，将整个鞋跟踢向薛大安的脸，他的脸上被我的脚深深地烙下了一种关于错爱的代价。

正当他们准备发起新的一轮进攻时，一双有力的手抓住了我的胳膊，并且用力地将我推向了安全地带，身后，我看到了满脸愤怒的许家慧。

"原来是许老师，你也喜欢小燕子，想英雄救美呀，我可告诉你，我薛大安的父亲可是教育局的副局长，你小子小心下岗。"

"真是个好后台呀，好呀，那我手机拍的录像要不要向报社公开一下，让媒体对大家说一下：教育局长的儿子如何有恃无恐，如何欺负一个弱小的女子？"

他麻利地为桃一巴包扎伤口，嘴里面数落着他："你小子，身体不行就别硬来，就应该动脑筋运用智慧。"

我穿了他的棉拖，因为我的高跟鞋成了牺牲品。那一夜，我头一次喝了酒，许家慧对我说："少喝点，要不然让人起了误会。"我说："不行，我就要喝你的啤酒，谁让你摆在醒目位置？还有，我们不醉不归，我敬重你是个好哥们儿，来，干杯。"

我喝得酩酊大醉，桃一巴也喝得成了一摊稀泥。

(5) 七月薄荷香

七月的薄荷香满了整座校园，我破天荒头一次考了个好成绩；当然，我能够看出来许家慧给我开了绿灯，因为他最近辅导我的考题如数出现在期末试卷里，我欣喜若狂，喜出望外。

正是在那一刻起，我所有的故事全部化作对他的暗恋，许家慧，我竟然稀里糊涂地爱上了这个比我大一点的大男孩。当一种野蛮的心情收敛，一切都以正规的形式出现在我的生命和生活中时，我居然发现自己改了许多，不再那么任性，不再以一件事情的结果改变自己的喜悲，我开始注重自己的言行，不再注重那些无所谓的对自己无关痛痒的环节。

薛大安不敢再来对我进行纠缠，因为我随身携带着能够录像的手机，准备将他的坏事随时邮给报社，还有，许家慧的来头居然也不小，据说他的后台是个比薛大安父亲还要硬的角色。

桃一巴还是在不可救药地追求着我，虽然我对他不屑一顾，但我宁愿有这样一个悬而未决的人恋着我，让我颓废沮丧的心能够多少有一些慰藉，但我始终保持着与他同志般的距离，因为至少目前为止，我的心全都交给了数学，交给了那个叫许家慧的老师。

暗恋是一枚青苹果，在我的心灵深处不停地酸涩着。

(6) 受伤的苹果也有清香

我终于知道了事情的整个结果，因为桃一巴发现了我暗恋许家慧的日记，他大声地一本正经地对我说道："小燕子，我警告你，你爱错人啦，你不应该去爱他。"

我脸红红地，辩白道，"你知道啥？"

"我说的是真的，他有妻子啦，他是我同父异母的哥哥，师范大学毕业的高才生，与你的父亲大人十分熟悉，并且我还知道，我哥与你父亲之间有个神秘的约定，当然是关于你的，关于你小燕子的，他们是想让你改过自新，就这么简单。"

我一把抓住了桃一巴，"你个混蛋，胡说八道，再说我抽你的嘴巴。"

"我说的全部是真的，你没看到他办公室里的动画人物吗？那是他儿子喜欢的，他儿子喜欢的，他也喜欢，他是个负责任的好男人、好父亲。"

桃一巴的话语被我无声的泪水淹没了，我感觉天旋地转，美好的岁月瞬间流失了、磨灭了。

我依然喜欢蜡笔小新，依然喜欢那些可爱的造型独特的人和打扮，我就是我，我就是小燕子，我依然爱听许家慧幽默的讲课，那声音里暗存着激励与感动，我还清楚地记得关于一枚苹果的前世今生，受伤的苹果也有清香，他告诉我，苹果可以被划得满是伤痕，但它的心灵依然健康纯洁，依然可以潇洒地贡献出自己所有的养分，这种养分，也叫作爱。

被黎芊芊左右过的花样年华

(1) 心事来潮

我像一个受伤的精灵，在一张简易报纸的掩护下，仓皇失措地向寝室楼的方向跑去，身后显然听得见那尖酸刻薄的嘲笑声。我大骂他们，也骂自己的愚蠢，我青春里第一场秘密在如潮的裙子上漫延着，我分明能够感受到新鲜的血液沿着裙裾失魂落魄地淌下来，将我的记忆染成了一片殷红。

我利用课间十分钟时间向寝室里狂奔，目标是换掉这条被污染了的白裙子，而我必须要过黎大妈这一关，因为她是整座女生宿舍的掌管者。

幸运的是，她不在，我见一个打扮时尚的女孩子坐在拥挤的仅能容下一张床和一张课桌的"偏房"里埋头做着功课，我着急地向她打招呼，嘴里面大声说着："姐们儿，开门呀，我有急事。"

黎芊芊抬头看我的脸，我的眼也毫无保留地留在她的脸上。她的清纯靓丽让我有些相形见绌，但顾不了许多了，我东突西奔地胡乱向她解释着，不知道如何解释自己的秘密。她诧异地望着我盯了半天，好像将我当成了一个精神病人。后来，索性我将报纸移开来，她才恍然大悟的样子，笑着说道："我还以为怎么了呢？每个女孩子都会有这样的过程的，你来得有点迟了，旁边是钥匙，自己开门去。"

那一天，我的眼眸里留下她那张白白净净的脸，她咬着笔头就坐在时间的长廊里，话说得不多，却让我多年埋藏已久的心事訇然洞开。自然不自然地，路过那座狭小的屋子时，我总会不自觉地向里面张望，因为她的存在，因为她挽留了我的一片洁白如雪的少女尊严。

(2) 青春来袭

我的生日就固定在某年某月的某一天，因为是我随口说出的一句话，却被班里几个好事的、被对我有偏心、又有些痴狂的男生抓了个正着，他们买通了室友的关系，准备给我来个突然袭击，等我如梦方醒时，他们早已经暗度陈仓般地蹭入了女生寝室。

而当时，我正与黎芊芊一起看动画片。她的祖母，也就是整座楼的管家与保安，正虎视眈眈地望着我这个像极了韩剧里的无法无天的野蛮妹子。在她目光的威逼下，我有些不自在，因为我以前栽到过她的手心里，在她的心灵档案里，我是一个有些不守规矩的不按套路出牌的女孩子；因此，也许对我的突然出现，包括对她孙女的染指，可能引起了她的某种怀疑，我防着她的眼，她防着我的脸。

李娃娃风风火火地从门口跑来跑去的，好像在找什么人似的，她几次出去无果后，终于在黎芊芊的房里发现了我，她想进来叫我，但一眼看到黎大妈那张可怕的狰狞的脸后，打了个立正后便扬长而去。

她们为我的出现做好了一个精彩的有些危险的注脚，等到我像个没事人似的被黎芊芊的祖母扔进寝室里时，现场突然间一片沸腾，那些无所事事庸人自扰的家伙们将我团团围住，啤酒瓶子倒了一地，满屋的芳香四溢，生日蛋糕早已经尘埃落定，奶油终究比牛奶要实惠许多，我的心刹那间沸腾了。

但大家没有料到地是，我们冒天下之大不韪所做的事情全部被黎大妈掌控了，她的眼眉倒立着，心里想着终于可以抓住一个好的典型，也可以向上级表一下功，也许月底的奖金会多一些。

(3) 谁的青春由谁做主

当我们的战事正酣时，黎大妈突然出现了，她笑呵呵地说道："诸位美女靓男们，我老太婆也过来讨杯酒喝行不？"

她一眼将我的脸盯得死死的，毫不松懈，我感到灵魂突然间崩溃了。那几个违反纪律的男生，早吓得将身子弯到了床底下，还有个男生居然将旁边女生的围巾拿过来盖在头上，秀了一把变性的滋味。

但最终的结果，我们所有的人员均被她叫到"偏房"的门外，一个一个的过堂审讯，做笔录的，就是那个叫黎芊芊的女孩子。

黎芊芊看到我的脸时，我的心正突突地跳得厉害，我心里想着可坏了，一直想给她留个好印象，最终还是露馅了，我最恨地当然是那几个臭男生。但既然事已败露，说其他的话均已没用，我决定来个"一个做事一人当"，别扯了那么多人进去。

我制止了黎大妈的嚣张气势，说："此事全由我一人承担，是罚款，是开除出此座楼，还是通知班主任，您随便。"

黎大妈气得不得了，手里握着扫帚头子，不住地晃着自己高贵得有些苍白的头颅，她大声说道："你们这些不要命的年轻人，竟然对自己的错误不明不白，你们已经犯了至少十项大错，第一：男生进了女生寝室，此为不义；第二：作为学生喝酒，此为对国家的法律的公然挑衅，此为不忠；第三：不折不扣地花父母的钱，此为不孝，还有第四……"

正当她的话沿着自己的思路原原本本地说出来时，旁边黎芊芊却突然说话了："奶奶，我觉得没有必要小题大做，放他们走吧，这个年龄的男生女生需要的是疏导，不是批评和处罚，也许自此以后，他们就会吸取经验和教训，我看他们也是初犯，不必需将此事捅给校领导，也许您的一句话，他们的人生就会失去好多，包括这个年龄应有尊重和尊严，我的话，请您考虑。"

我对她崇拜到了极点。

(4) 生命的路当然可以倒着走

我一直注意着她的存在，我心里想着作为同龄人，她有着我所没有的成熟和理智，她的大度和聪明，我怎么追也望尘莫及，我想着她也许比我高一级，但我怎么也找不到她存在的班级和坐标，我向她打听时，她总是笑着，我没班，这里就是我的班级，我的祖母便是我的老师。

我从她的课本里找到了秘密，她看的居然是小学三年级的课程，我想着也许她是"温故而知新"吧，但有事没事时翻她的书时，我发现上面居然标着别人的姓名，原来书是借来的。

她则笑我："书非借而不能读也，借来的书才有味道，才能珍惜，我没钱，别笑话我。"

但分明在某一个清晨，我看到一个熟悉的背影穿梭在另一幢教学楼里，当我想追上去想看个仔细时，她早已经消失在密密麻麻的人海里，我只记得当时她佝偻着身躯，很难受的那种样子，我心里想着，她真是一个令人猜不透的人。

我经常去找她，与她沟通交流，分享自己的喜悦和收获，她对我所说到的班里发生的任何故事都感兴趣，她会问："老师会怎么提问？该怎样回答？"我说："你不是也在上学吗？在另一座楼里，那可是高中生的天下，你上高中啦？"她苦笑："没，你看错了，我没有离开过这里。"

　　我的考试成绩下来的当天夜里，我被父母的电话骂了半天，母亲在电话里数落了我的各种罪过，甚至将我猴年马月发生过的错事和盘托出，说我的不是，说我的不学无术，说我的狗屁不通，作为一个已经接近成熟状态的果子，我当然不屑于母体大树对我的纠缠和不理解，我扔了电话，扑通一下掉在尘埃里，亲吻着我所热爱的大地。

　　我对黎芊芊说道："我真后悔自己以前的行为，如果生命的路可以倒着走该多好。"

　　黎芊芊说："绝对没问题的，你的目标在远方，而你的身躯却一直向着太阳走，如果你将身躯倒过来，不就可以看到自己走过的路了吗？倒着走没问题的，照样可以到达目的地，不信，你可以试试。"

　　我刹那间若有所悟，生命注定没有回头路，你所能够做到的，只有转回身去，擦掉过往的辛酸和疲惫，好好地继续自己的路程，因为幸福就在远方向你招手。

（5）朝来夕去的青春过往

　　女生们终于对黎大妈的恼怒到达了极点，虽然我极力反对大家采取极端的措施。黎大妈是严厉了点，但她的确制止了许多错误的发生，比如说早恋问题等等。室友们说我吃里爬外，李娃娃说此事不可善罢甘休，因为黎大妈上次体罚了她，包括她的那个比蛋糕还奶油的男朋友。

　　事情最终发生在某个傍晚，整座楼上的女生蜂拥而出，围住了黎大妈的"偏房"，当时，黎芊芊正悠闲地坐在她经常坐着的位子上做着作业，事情完全没有任何征兆地发生了，黎大妈不可一世地阻挡着大家，女生们失了控，将整间小屋挤得水泄不通，有人动起手来，我拼命地护住黎芊芊，嘴里面大声说着"黎芊芊，快点跑呀，别总是坐着，你天天坐着累不累？"

一群人摔倒在地板上，包括黎大妈和黎芊芊，还有弱小的我，黎大妈看到黎芊芊倒了地，拼命地挣扎着，嘴里面大声地吆喝着："芊芊，你们别碰她，她的腿有病。"

她的声音苍老无力，很快被淹没在肆无忌惮的洪流里，黎芊芊整个身子将我压在尘埃里。

我终于知道了所有关于黎芊芊的故事：她自幼失去双亲，父亲死于车祸，母亲不愿意随着她与祖母过那种压抑而又艰难的生活，拂袖而去；黎芊芊自幼多病，由于缺医少药，加上治疗不及时，她的左腿永远无法站立起来；她装了一个假肢，但质量很差，走起路来颤颤巍巍地，好像随时要跌倒的样子。她爱学习，祖母每月三百元的工资交不起她的学费，她便每天早晨偷偷地跑到高年级的楼上听早自习，遇到有老师出来看到她，她便假装成打扫卫生的人员。

黎大妈和黎芊芊走时，只有我一个人去车站送她们。我与黎芊芊深情地拥抱着，眼泪肆意横流着。我说："你到了目的地给我电话，我会永远记得你的。"黎芊芊说："很幸运遇到你，愿我们将来有缘再见。"我说："一定的，我会挣好多好多的钱，其中一部分会给你买条高质量的假肢，我会和我一起去看天，看云，看满天的星斗伴着晨光一起飞舞。"

这个左右过我花样年华的黎芊芊，最终还是远走他乡，我看着她的祖母花白的头发在空中飘扬着，她们相互搀扶着离开时的背影，让我用尽一生好好地收藏。

关于一首情诗的前世今生

（1）如果梯子也能够开花

午后我坐在暖暖的风里看诗，其实我是与阳光一起在望他，等他，我知道，这些诗的作者一会儿会像一朵云一样从我的左眼跳向右眼，或者如一道闪电一样雷霆万钧般地闪过我的眼前，他的目标直指学校后面的操场，那里不是我的梦停留的地方。

常小倩终于发现了我暗恋别人的秘密，因为在一个偶尔的时机里，我扔在抽屉里的自己写的稚嫩的情诗被她发现了，她看后大吃一惊，我以为她是在佩服我的文采，她却故作神秘地说道："你呀，都高三啦，收收吧，等考上大学，再将心事翻出来晒晒阳光。"

我则对她的话不以为然，我的心事已经潮湿了，为什么非等到挤完独木桥后才可以掏出来呢，现在阳光正好，偌大的心灵操场上只有我一个人，我可以为所欲为地表达我的个人感情，不必顾忌别人怎么看待？

好歹，她没有发现，我的情诗是写给高高大大的越海宽的，她如果真知道了，一定会骂我是个野丫头，因为越海宽并非一般人，他情诗写得好，发表的诗多，更重要的是，他是我们的语文老师。

我开始搜集所有与他相关的新闻，正常的新闻我喜欢，花边的我统统扔到尘埃里。当有一天，我忽然发现常小倩居然从他的寝室里走出来时，我的心里刹那间像打翻了五味瓶,我说不出来是什么样的感受。

如果梯子也能开花该有多好?我常常望着他寝室后面的那座竹梯子发愣。

(2) 给语言喝了水,情诗也会开花

我开始编制属于自己版权的情诗,学着他的风采,我不停地写,想着如果自己也发表了诗,就可以拉近与他之间的距离。

某年某月某一天的某个时刻,我意外地炮制了一首绝妙的诗,最重要的是,这首诗的藏头部分留着我少年般纯净的心事,我将对他的爱恋全部融进了诗里。出乎意料地是,感情的因素居然提高了我的文采。写完后,我自觉得此诗无论从内容,还是从遣词造句上都算得上是佳品,头一遭,我明白了常小倩所说的话的真理性:写诗就是要将感情因素加进去,否则就是白写。

我一直以为,我会将对他的这份感情好好地珍藏,永远不会说出来,我只是偷偷地喜欢看他上课时的影子,看着他如何将我年轻的心事染成一片洁白的雪花,想着他如何走进我的梦里,让无论多少个日子都无法表明的心情在某一个午夜悄然开放。

但我的秘密还是被一个好事者发现了,发现也无足轻重的,最多有人说我是浪漫过了头,但他们无论如何也发现不了我的心事。但被发现者的心思是如此缜密,因为我在某一个清晨,意外地在自己的课桌上发现了一张纸条,纸条的内容居然是那首藏头诗的实质,那上面分明写着:我爱越海宽。

我的天哪,我感觉无地自容,不知所措,我感觉头晕目眩,直到常小倩悄然出现在我的面前,用一种自我解嘲的口吻问我是否心中的花已经全部开放了时,我才知晓,是她,常小倩,将我隐藏多年的心事公开了。我心如潮水,暗流涌动着,我好想找个地缝钻进去,而常小倩却答应我替我保存好如月光般皎皎的心事，条件是我请她去了一趟德克士。

(3) 没有什么事情能够阻挡住我们前进的步伐，包括爱情

当突然有一天，常小倩对我说要替我摆平越海宽时，我呆住了，用手摸她的额头，"你是不是疯了，越海宽他岂是一个弱女子能够随便搞定的，我听说追他的人有很多呢，你如何出手呀？"

"实不相瞒，我也是他的追随者，但岂能重色轻友呢，我让给你啦，我之所以敢这样给你说，就有十成的把握，你知道不，我敢将你写的这首情诗送到他的办公室。"

犹如晴天霹雳，我没有反对，也没有答应，但她早已经擎着那首诗，一溜烟地没了踪影。

我的心事如洁白的帆，我不知道该如何阻拦她解开现实的缆绳，我知道也许我这艘船会经历狂风暴雨，会触怒世俗的暗礁，但我不怕，我知道：帆不可以停止选择的方向。

常小倩神秘地出现了，她扬了扬双手，示意自己已经完成了任务，我急忙用手捂着脸，她过来笑话我，"我们的小公主，既然已经爱了，还怕什么，丑媳妇总是要见老公的嘛。"

我故作冷静地问她，"真的吗，诗给他了，他会回吗？"

"不清楚，不过，我已经告诉了他，如果有诗要回，便放到他寝室外面的窗台下面，我会去取的，怎么样，该请我去吃许留山了吧。"

她的目光如电，将我的心事窥探得如此明白，我的一举一动，她竟然深深地烙在心里，等到我的这朵花似放要放时，她却早已经将我的天空装扮成了春天。

春节前夕，我终于拿到了他的第一封回信，信上只有两行字，就是他苍劲有力的字体：诗写得很好，我已经收到，期盼高考后相逢。

"怎么样？"常小倩扬起手中洁白的帆，大放豪言："没有什么能够阻挡我们前进的步伐，包括人见人烦的爱情，这下子你心满意足了吧，你的心事他早已知晓，说不定，高考过后，他会给你一个惊喜的。"

我郑重地点头看窗，窗外有一剪寒梅。

（4）流言是雪，你施放热量，它们就会消失得无影无踪

班里终于传出了一则振奋人心的消息，这则消息无异于在紧张的学习气氛中投放了一剂清新的炸弹，使那些优等生和差等生的脸庞同时抬了起来，他们诧异地望着黑板问："现在是唐宋还是明清？"

我沮丧地低着头，不敢抬头看大家，因为语文课代表回来传出了话，说我写了情诗送给老师，老师还将它放在办公桌的玻璃板下面。

受到这样的礼遇，我有些欣喜，因为毕竟越海宽是在乎我的，可这样的结果却是令我欢喜令我忧，现在大家忙的抓狂，我还有心思写哪门子情诗，如果让父母知道了，必定会痛骂我不识时务，说不定会拳脚相加，让我瞬间便体无完肤。

常小倩怒目而视，她以语文课代表说："艾官闲，你干脆叫'爱管闲'事算了，你别再在班里散布不良信息，谁说人家喜欢老师啦，再说了，就是喜欢了又能怎样，喜欢一个人是无罪的，你不是也喜欢吗？我还看见你偷偷给老师写纸条呢，这样优秀的老师如果谁不喜欢，就是不正常，是'更年期'提前来临了。"

在她的助威声中，我略感到一丝心安，她则给我打了保票："我一定会

207

向越海宽讨一个说法,他这个人,太自私了,他必须在课堂上澄清此事,还你一个清白。"

我什么清白,不就是喜欢人家吗,让人家怎么说,我郁郁寡欢了好些天。

那天在语文课结束时,越海宽突然对大家神秘地说道:

"想不到咱们班里还有一个与我一样喜欢诗歌的同学,我已经收到了她写的诗,诗中极富才情,心思缜密,让人看了不醉自醉,大家可能知道,我喜欢写诗,我知道她是让我帮她润色的,今天,我郑重地将这首诗还给这位同学,我在上面做了批注,相信她将来一定能够成功的。"

那一刻,我所有的委屈化作点点泪光,晶莹在缤纷的满天星斗里。

(5) 我可以让他们请我们吃饭,你相信吗

越海宽就像一个谜,从我的生活中短暂地离开了。我记得了他写给我的那封回信,我知道自己目前最紧要的任务已经无法逃避;我也清楚了他如何将那首藏头诗改得面目全非,第一个字已经改成了"理解万岁"的字样。他的委婉让我感激涕零,我发誓好好地学习,用一份满意的答案送给他和他的不知属不属于我的将来。

神秘的日子终于又来临了,我知道这样的日子只有常小倩可以争取到,常小倩像个联合国特派员一样地招呼我,"怎么样,我又搞定了一件事情,今晚,我能让越海宽请我们吃饭。"

我"呸"了她一口,说:"我是不是在听一个天方夜谭?"

她拍了拍胸脯说:"你不清楚,越海宽欠我一个人情,我给他搞了条件,这个人情恐怕你日后才能知道的,你不去白不去,去了,你可以好好向越海宽倾诉一下子。"

我还是去了，不去真的白不去，心情总是要说出来的，我不害怕流言蜚语，我想当面质问他，是不是他会真的等我。

果真见到他时，我却语拙起来，只是扮演了一个小女生的角色，看着他们无拘无束的谈话，末了我才清楚，原来是常小倩在向我显示她的能力，她果真是在与我抢越海宽，谁都看得出来，他们说话毫无遮拦，就好像他们经常沟通，他们天南海北地聊，竟然聊起了越海宽的家事，当我知道，他离异一个人过时，一种久违的希望油然而生，我眼瞧着越海宽，越海宽也用目光碰了我，但却意外地被旁边的常小倩给截断了。

我还知道，常小倩了解他许多，包括他穿什么样的衣服，爱喝什么样的酒，包括喜欢什么样的女孩子，她还半开玩笑地说着："越海宽老师，你真得好好考虑一下个人问题啦。"

越海宽语塞起来，一副难为情的样子。

(6) 情诗可以是浪漫的，但现实就是如此无奈

高考过后，我终于回到了母校，我四处找，想知道越海宽的消息，我早已经想清楚了，无论如何，我都要找到他，让他解释给我关于那首诗的事情。

远远地，我看见常小倩站在阳光下等人，我不由自主地身体颤了一下，果然，越海宽出来了，常小倩十分自然地走上前去，挎上越海宽的胳膊，我扭身便走，想离开这是非之地。

常小倩叫住了我，她煞有介事地对我说道："古小姐，给你介绍一下，此人越海宽，是我的老爸。"

那一瞬间，所有的承诺突然间变得如此沉重，眼前的越老师送给我的是一个可爱的微笑，常小倩更是俏皮地冲着我扮鬼脸，她天真地叫着，"想不到吧，小姐，他真是我的爸爸，我们是骗你的，我早已经将你的事情讲给了他听，你知道吗，我本想发作，戳穿你的心事，但我爸爸拦住了我，他说这样会害了你，于是，我们便苦心编织了一个又一个谎言，小姐，不要怪我们，我们也是为你好，这便是当初他请我们吃饭的一个主要原因，老爸辜负了一个女孩子的爱，所以，他用一顿饭做了补偿。"

我蓦然转身时，他们说说笑笑的声音已经走远，就好像一支美丽的曲子，我曾经拥有过，但如今早已经杳如黄鹤，但我不后悔失去了他们。

我觉得我是幸运的，我遇到了两个可爱至极的人，他们用一份赤诚拥抱了我的幼稚与无助；他们用一种纯净的爱，叙述了关于一首情诗的前世今生，而这份情感，我会好好地收藏，用完我一生的岁月和时光去回味。

我爱你，老师

安安始终安之若素地卧坐在自己的领域里，不抬头、不挺胸，一派玩世不恭的神情，张老师一直注意着她的面孔，有心责备教训一下这个差生，但她没有，老师想再观察一段时间。

若若两只脚蹬到安安的脚脖子上，示意她像自己的名字一样选择安定，但安安却没有听从若若的安排，她不喜欢语文，不喜欢上学，不喜欢发言，更不喜欢拘束在狭小的天地里接受教条式的洗礼。

张老师终于忍无可忍地爆发出来，她拿着安安最末一名的考试成绩，来到安安面前，示意她站起来，安安局促不安地站定，眼睛不敢看老师的脸，若若的眼睛里充满了怜悯，她站起身来，解释道："张老师，安安不会讲话，但她心肠是好的。"

"没有问你，安安，你不要沉默不语，你告诉我，你对你的成绩还有信心没有？你的父母不止一次地找过我多次，让我引导你，指导你，你呢？"

张老师刚想发火，若若又站了起来："张老师，安安自小有口吃毛病，她不敢讲话。"

这最后一句话，像洪水般袭来，安安跌坐在座位上，哭了个泪水涟涟，梨花带雨。

这是张老师听到的最新版本，她张口结舌地望着两个孩子，不知道如何收场，尴尬的表情停滞在空气中。

若若继续以优等生的名义发号施令："老师，安安心里知道您一直照顾她，她会努力的。"

这个台阶摆得正是时候，张老师转身离开时，眼角有泪花闪烁。

越是如此，爱越是难以实施，张老师与若若计划了两周时间，依然无法找到合适的办法来，安安就是不敢高声说话，不敢在课堂上发言，任凭你有"张良计"，她也有"过墙梯"。

若若周末时约安安一起学习，只有在若若面前，安安的话匣子才敢打开，这也是安安最兴奋的时候，她的本性十分开朗，虽然说话有些犹豫，但意思却表达得十分清楚。若若邀请安安一起读课文，她鼓励道："这种病，许多名人小时候都有，富兰克林小时候口齿不清，但他通过努力锻炼纠正了过来，现在需要刻苦练习。"

两个女孩子读了一整天的书。通过一段时间的纠正，安安的话语清楚了许多，但就是在课堂上，她从来不敢表白自己内心的情感，无论老师如何施以援手，她总是缄默不言，她的学习成绩还是一落千丈，无可救药。

忽然那一天，在张老师提问的环节，台下传来了安安的声音："我爱你，老师。"

这声音在沉默的缝隙里流淌着，让张老师的神经战栗，果然是安安的声音，所有的同学都惊恐回过头来，看安安的脸，安安也惶惶不安地摇着头，但又一声"我爱你，老师"传遍了所有的角落。

张老师将课本扔在讲台上，一个箭步到了教室的后面，她一把将安安搂在怀里，大声地说道："安安，老师也爱你。太好了，安安，你终于肯开口讲话了。"

安安十分不安地扭动着身躯，身后的若若站起身来，对安安说道："安安，感谢老师吧。"

安安一脸木讷，抬头看老师的眼睛，张老师鼓励着，安安终于叫了出来："老师，感谢您。"

这是大家期待已久的声音，虽然只是简短的一句话，却声如洪钟又如电闪雷鸣，教室笼罩在安详的光辉里，同学们站起身来，对安安的精彩表现报以热烈的掌声。

若若在身后调皮地笑着，手却伸向抽屉里，摆弄着一个可爱的小录音机。

安安从此开朗起来。

这简直是一个划时代的变革，安安一改往日的忧愁与内向，开始喜欢语文，喜欢老师和同学，喜欢上这世上所有的一切，大家忽然间发现：原来不爱发言的安安内心深处竟然别有洞天，她讲的笑话令人捧腹，她的发言妙趣横生，她的成绩节节向上。

若若将录音机交给张老师时，老师紧紧地抱了若若，"太感谢你了，若若，如果不是你，安安不会有今天的。"

安安不知，若若苦心叫安安朗诵，却是为了录下安安的声音，她找遍了所有的音符，剪辑了"我爱你，老师"这几个字符，然后在一个适合的时机，通过录音机播放出来，正是这几个字，让安安找到了久违的自信与力量。

这世上本没有差生，只是缺少正确的爱或者爱的表达方式。

最后的哺乳

塔克拉玛干大沙漠。

我和同伴艰难地行进在征程上，我们的目标是穿越这片荒无人烟的沙漠，我的行囊里有一些粮食和水，我们不敢有丝毫的浪费，我们已经走了近10天时间，我们害怕明天也无法成功穿越，我们甚至设想自己的生命会在某一刻停滞不前。

卡子双眼已经浮肿，他有成功穿越沙漠的经验，他小声叮嘱我："注意儿，可能会有狼出没。"

这句话使我不以为然，如此荒凉的沙漠里，有骆驼还算正常，狼是不可能出现的，狼通常出没在水草丰盛的地方。

卡子说我查过资料了，这儿已经接近了沙漠的边缘，除了骆驼外，偶尔会有藏狼出没，他们袭击骆驼，以得到过冬的粮食。

我们继续前行，我突然在前方看到了星光，我以为花了眼，仔细看时，卡子拽了我一把，将身体埋进沙堆里。

是两条狼，母狼和小狼，它们的行动十分艰难，看来它们已经几日没有找到粮食和水，小狼不停地吮吸着母狼的乳房。

母狼嗅到了有生灵的气息，它大叫起来，小狼的精神也进入亢奋状态。

怕什么，来什么，我不知所措，双手冰凉地抓紧手中的弓箭，我准备一箭将两个可怕的家伙送到天堂门口。

卡子小声说道："不要紧的，它们显然受了伤，没有粮食吃，斗志不如以前猛烈。"

母狼、小狼与我们两人对峙着，谁也不敢轻易暴露，母狼忍不住了，绕了个弯儿，直奔我们冲了过来。

交手就在瞬间发生了，残暴成性的母狼将我和卡子摁在沙土堆里，我的弓箭不能派上用场，我真害怕此时此刻小狼会乘虚而入，但小狼只是着急地嗥叫，却不能动弹，卡子大声叫着："用沙土，小狼受伤了，去控制住它的孩子。"

我将沙土扬了起来，母狼失去了方向，我乘机接近了小狼，一箭将小狼射伤在地上。到近前时，我才发觉，小狼居然不知何时失去了一条腿。

母狼嗥叫着，扔下卡子，直奔我而来，我撤退到沙土堆后边，母狼径直跑到小狼旁边，安抚着小狼。

看来，它在短时间内，不会对我们构成巨大的威胁。

等到我们收拾行李时才发现，我们的水在与狼的打斗中掉在沙土堆里，我们仅剩下一张干饼，卡子说道："我们必须摆脱狼的干扰，赶紧走，否则一旦它回过味来，我们便完了。"

我们说走就走，母狼却拦住了我们，双方对峙着，母狼挣扎了半天时间后，轰然倒在地上，它睁着惺忪的眼睛，使自己的身体挨近了小狼，我明白它的意图，它是想让小狼吮吸它的乳房，但是它却没有成功，它几次努力均未成功后，睁着惊恐的眼睛看着我们二人。

卡子说道："母狼是想让我们帮它的忙，它不想让小狼死去。"

215

我以前没有与动物打过交道，没有想到人与狼竟然可以以这样的方式相处，我说："不要接近它，它会吃掉我们的。"

"不，它已经受了伤，况且它脱了水，我们应该帮忙。"

我看着卡子来到母狼身边，他艰难地挪动着小狼的身体，看到有血液流出后，卡子撕掉了自己身上的衣服，为小狼包扎了伤口，小狼挪动到母狼旁边后，吸着干瘪的乳房，母狼放心地睡着了。

我的嘴角干裂地厉害，有血液渗出来，我与卡子想挣扎着再向前方行进，却发现腿脚已经不听使唤，我对卡子说："你走吧，甭管我了，我可能走不出去了。"

卡子哭泣着扯着我的身体："不行，我不能落下你，你给我站起来。"

我却昏睡过去。

醒来时，夕阳已经西下了，卡子躺在旁边，我动手推他，他醒了过来。

小狼依然躺在母狼旁边，母狼与小狼已经死了，有几滴乳汁正从母狼的乳房里流出，卡子弯下身去，贪婪地吮吸着。

我怒火中烧地骂他："你不要脸，竟然吃小狼的粮食。"

卡子说道："你终于醒了，如果不是它的乳汁，恐怕你早已经……"

卡子为了我，不肯自己吸食母狼的乳汁，如果没有母狼的乳汁，恐怕我再也无法醒过来。

卡子昏厥过去。

我惊慌地将卡子拖过来，将乳头放进卡子的嘴里，卡子的嘴唇翕动着，贪婪地像个嗷嗷待哺的孩子。

我和卡子找了块地方，将母狼和小狼埋在一处，我们在上面立了个碑，我们两个人真诚地给它们磕头，卡子眼泪汪汪地口中念念有词。

回到城里后，我和卡子的人生观发生了质的改变，我们不再像以前那样不问人间俗事，不再挑剔父母饭菜的质量，我们珍惜我们每一天美好的日子，这样的日子与沙漠里比起来，简直是到了人间天堂。

我们时常怀念那只受伤的母狼，是它，在生命的最后时刻，将最后一份人间大爱送到我们身边，我们惊恐不安，我们不求奢华，更不敢以一颗昏睡的心对待所有的生灵，我们看到有人大肆捕食可爱的狗狗时，我们会不惜一切代价地买下来放生，我们曾经到过做游说，要求大家不要食尽世间万物，所有的一切，都来源于对那只母狼的礼赞和对生命的敬畏。

卡子来电话告诉我："昨天晚上，又梦见那只母狼，它嗥叫着，领着小狼奔跑在沙漠里。"

道一万次歉

2000年夏天，美国底特律市郊区小镇韦恩镇，这个小镇方圆百里，大约有一万多人，人民生活和谐。但这天早晨，突然一股奇异的花香弥漫了整个小镇，这种花香时淡时浓，让人有一种不祥的预兆，人们奔走相告，觉得这座小镇可能遭受了某处奇异力量的袭击，大家应该及早逃命。

消息越传越盛，这座小镇一时间甚嚣尘上，人去楼空。

政府出动了武装力量，帮助疏散人群，直升机飞到半空中，侦察是否有外敌入侵，美国联邦调查局很快介入了此次事件当中，他们要查出此次案件的幕后元凶。

韦恩镇镇西的一家里，有一个孩子名叫伯尔当，他正在自己的房间里收拾行装，母亲示意他赶紧要离开此地，因为会有危险发生，伯尔当却不以为然，告诉母亲这种香味没有毒的，只不过味道浓了点罢了。

细心的母亲好像发现了端倪，儿子平日里喜欢各类香水，曾经收集过大量各国的名贵香水与香料，他还发誓要制造出世界上千里传香的香水来，从而使自己的成就超越法兰西香水。

母亲问儿子："你知道这香味的由来吗？"

儿子没有马上否认，只是低头不语，很快地，母亲进了他的房间里，发现一种平日里少见的香草木正在摆在儿子的窗台上，风儿吹过时，香味缭绕，欲将人的魂魄勾摄出来。

"原来你就是这件事情的始作俑者！"母亲怒火中烧，一把抓住儿子要去投案自首，儿子反驳道，"美国没有法律不允许散播香味呀，再说了，这叫千里香，一点儿毒也没有，法国的名贵香水中就有这种原料，我这不是犯罪，是在净化空气。"

"狡辩，你知道这件事情的恶果吗？你破坏了社会安宁，搅乱了社会秩序，现在人人自危，我不想让别人认为：由于我的怂恿，才使的整个小镇失去安宁，失去和平。"

母亲整整思索了一个晚上，她喝了许多酒，在理智与失控的边缘上思忖着该不该将儿子交出去，一旦交给美国警察，自己的儿子就可能面临终身监禁的危险，那么，他的下半生将会待在监狱里，可是，他犯了错误，犯错就要勇于承担，否则这不符合平日里自己的教育法则。

终于，在第二天凌晨时分，她推开了儿子虚掩的房门，却意外地发现儿子不见了，难道他是临阵脱逃了吗？母亲痛不欲生，准备去警察局替儿子自首。

到达外面时，才知道，元凶已经投案自首了，警察局里，伯尔当正在陈述自己的观点，并且将千里香交给了警察局长。

千里香被鉴定的结果是安全的，大家长出了一口气，但接下来，伯尔当却面临着被起诉的风险，因为他危害了社会秩序。

母亲一直在向法官求情，说自己儿子年幼无知，并且他是出于无心之过，法庭最后审判时这样下了结论：如果想免于监禁，需要救得社会各界的原谅，限他们在一个月之内弥补这个过失。

第二天一早，人们看到一位面容沧桑的母亲，她拉着儿子在大街上向路人道歉，韦恩镇一共有1万人，他们需要道1万次歉，并且获得1万次原谅才可以。

许多有同情心的人原谅了他们，他们在母亲的留言簿了签了字，表达自己原谅的观点。

但有一些人发疯似的抓住了伯尔当，认为他是故意在挑衅这个社会的容忍底线，一位父亲说道："我的儿子刚刚出生，我不知道他会不会受到污染，要知道，他还是个孩子，你怎么忍心这样做？"

解释已经不再需求，伯尔当愧疚地跪在这个父亲面前，只言不发，双手举着留言簿，他们僵持了半天时间，最后那位父亲甩手离开了他，留言簿上他这样写道：他像极了年轻时的我。

在二十多天时，他们已经征得了九千多人的原谅，但还有人离开了韦恩镇，他们或出去打工，或是逃离现场一时间无法回来。

母亲拉着儿子，逐个给留有电话的人打电话，如果他们不方便，母亲会带着儿子坐车前去另外一个城市请求他们的签名。

终于，在一个月的时间里，他们道了1万次歉，法官原谅了伯尔当，母亲带着儿子给现场所有的人鞠躬致歉。

当地的报纸报道了此事，引起了一位法国香水设计师的注意力，他辗转找到了伯尔当，考察了他的简陋实验室后认为：伯尔的实验室缺少密封装置，不算一个正规的实验室，他愿意提供资金，将这里建成自己在美国的实验工厂，伯尔当成了名副其实的香水设计师。

向1万个人道歉，不仅是对每一个受伤害人的尊重，更是一种别离了世态炎凉的暖，一种脱离了现实无奈辛酸的爱和感恩，是向生命顶礼膜拜的至高境界。

大一号的尊严

我苦口婆心地哀求着面前的这个家伙，他戴着眼镜，嘴里面高声叙述着自己的条件，我的代价是给他买十根雪糕，终于，我如愿以偿地获得了本次统考的标准答案。

心里像揣了个小兔子似的，一想到自己这个一贯的差生将以班级第一的身份站上领奖台时，我试想着人站在高处时的潇洒与浪漫。

这也许是所有差生梦寐以求的事情。

统考开始后，我用眼睛直瞟坐在我身后的那个家伙，他不敢看我，做了亏心事又没有定力的孩子通常习惯用这种怪异的表情，我一直想着公安人员审逃犯时的场景。

不管如何，心里波动不安，手中的笔却没有停顿下来，荣誉感瞬间战胜了我的自私。

一周后，老师公布了学习成绩，我以全年级第一名的身份直接站在了学校组织的最高领奖台上，而那个给我答案的家伙，因为害怕东窗事发，故意填错了几道题，只能屈居为第二名。

与他站在一起时，我的心惴惴不安，我们的眼睛不敢直视，生怕一束阳光能够打开我们憔悴不已的内心。

但这却成了我的心病，下一次统考时，我不可能再有这样好的运气了，如果考不好，尊严要紧，因为老师已经通知了家长，父母破天荒地请假给了我办了个庆贺派对，这样的成绩让他们无法想象，大拇指挑起来的姿势十分吸引人的眼球。

我与他协商下一步的事情，他如履薄冰似的回答我，"我的亲戚因为答案的事情被调走了，下一次，我不敢这样做了，也没有机会这样做了。"

我镇定地问他，"我怎么办？你将我带到了贼路上，下一次考不好，我就得死，你得帮我，你比我成绩好，总不能让我瞬间从一线主力掉下去吧。"

半个月后，这个遭受恐吓的家伙因病离开了学校，不明原因地退学了，现在想起来，可能是我的威胁产生的效果。

我孤军奋战，为了大一号的尊严，为了一个月后的下一次全县统考争夺第一名而努力，我加大了对自己的管束力度，缩短了自己休息的时间，全力以赴地投入了学习。

近视镜顺理成章地被我戴在眼睛上时，我知道自己的幸运来临了，在又一次统考里，我虽然没有上一次考得好，却迅速地成了第一集团军的主力，这样的成绩，合情合理，谁都有发挥失当的时候，不能以一次的输赢判断一个孩子的实力，下一次吧，我证明给你们看。

尊严强势地占据着我的高地，不可一世地爆发着荣誉与自尊，我时刻想象着站在高处时的场景，掌声如雷，鲜花如海，笑靥如花。

整个高二年级里，我成了班里最用功的人，别人放学了，我却仍然埋头在书的海洋里。

我终于成了整个年级的佼佼者，成绩喜人，上升之势还有极大空间，我是老师眼里的"绩优股"。

当年岁末，我写信给那个给我答案的人，感谢他的一份答案改变了我的人生。我没有收到回信，我相信他仍然活在恐惧与不安里，我利用了这次代价，换来了一个靓丽的青春，而他却没有，他一直活在属于自己的阴影里。

尊严无价，大一号的尊严，永远是一种鞭策与鼓励，其实，要面子并不是一件坏事，它也是勒马的缰绳，是船顶的帆和瞌睡人眼里的灯。

新德里的烟花往事

(1)

我不顾一切地向机场赶去，身后是阿爸和阿妈近乎疯狂的求饶，我没有给他们留下任何面子，因为我觉得只有这样做，才可以驱散内心深处的苦闷，才能够挽回他们快要跌落悬崖的爱情。

在此之前，他们是没白天没黑夜地争吵，他们以为我是个病猫，可以将我放置一边而不管不问，可我的忍耐度也有到尽头的时候，他们阳奉阴违的做法就是一种典型的自私，他们从来没有考虑过我的感受。

终于，有一天夜里，他们的战争进入到白热化程度时，我挺身而出，我告诉他们："我要去新德里留学，签证已经办好了，一个远在新德里的网友，已经替我完成了所有我想做的一切，一来是让我从你们的视野里消失，你们可以大打出手，也可以小吵小闹，不用遮掩；二来，我已经决定了，我想找到印度男朋友，阿妈不是喜欢印度人吗，整日里吆喝着想嫁到印度去，这下子正好，我先替你完成心愿。"

他们终于收敛了原先属于自己的自私状态，开始将关注的目标锁向我。他们从来没有感觉到，我已经悄然长大，已经明白了什么叫作爱情，什么叫做过不下去。他们开始做我的工作，苦口婆心的，说他们不吵了，日子还会好好过下去，为了我。我说不必吧，既然已经没了感情，还过下去有什么意思，我自己的路我自己会走。

那一年，我 15 岁。

(2)

他们花费了将近一个月的时间与我疏通感情，而我的思想却从来没有像今天这样平静过、执着过。我隐瞒了他们一些内情，我并没有交往一个印度网友，这一切，都是姥姥的功劳，她帮助我并且与我编织了一条密不透风的计划；她哭着说道："只是需要牺牲一下自我，我的小乖乖。"说完，姥姥老泪纵横，那一刻，我下定决心，想去外面闯闯，顺便让我的嚣张压制一下他们毫无秩序的生活。

我隔着飞机的舷窗，看到阿爸与阿妈哭成一团。阿妈用手打阿爸，阿爸一动不动，他们像两只蚂蚁一样，在首都机场的跑道上向我挥舞着手臂，那一刻，我的心猛地一软。

新德里的课堂上，我是班里唯一的中国学生，我下定决心要尽快适应他们的生活，因为我不想做一名有负于祖国的孩子，在外国，说什么也不能丢人，更何况听说中印关系十分紧张，说不定，我会成为中印友好的民间大使。

我认识了一个叫法尔的新德里学生，他比我大一岁，喜欢说中文，每天像个跟屁虫一样跟在我的后面，求着我教给如何解释什么叫做东西？孔子他老人家的胡子究竟有多长？

我们很快成了好朋友，纯净的朋友，就像一瓶矿泉水，虽然结成了露，却在秋夜里中闪烁着迷人的光芒。

(3)

一个月后的一天，班里突然莫名其妙地多了一个叫多多的中国学生，他说他是从北京来的，能在异国他乡见到老乡，我们应该好好地哭一场。我咯咯地笑个不停，从那一笑中，奠定了我们从相识到相恋的基础。

他不可收拾地开始追求我，用他对法尔的话说："肥水绝不能流入外人田，都是中国人，岂能让印度上占了先机。"法尔怒视着多多，用一句英文说了句："等着瞧，我绝不会让吉祥从我的手中跑掉。他握紧了拳头，向多多示威，多多也握紧了拳头。"

我根本不清楚，他们居然进行了一场以友谊为主的较量。

他们互相将对方打得鼻青脸肿，然后中文老师将他们叫到面前，一顿古板的小教鞭落下来后，他们的右手瞬间成了发面馒头。

后来，我又听说，他们暗暗较了劲，看谁可以互相学好对方国家的母语。

法尔拼命地学中文，他竟然悄悄送给中文老师好些钱，让老师给他开小灶。

多多也是如此，他认识了一个本地女孩子，说喜欢人家，那女孩喜出望外，被多多英俊的东方脸孔所吸引，竟然将多多领到了自己家里见她的父母亲，他们也是喜不自禁，三下五除二，多多的印式英语竟然进步飞快。

后来，我才知道，多多挨了揍，因为他玩弄了人家女孩子的感情。这在印度是要受到极其严厉的斥责的，幸亏他是中国人，不享受这样的待遇，但挨打还是难免的，当多多看到我时，他竟然哭着扎进我的怀里，他哭得像个孩子，我搂着他，心疼极了。

(4)

我的阿爸和阿妈来新德里看我，他们十分和睦的样子，他们给我送来了一大笔钱，恳请我一定要努力学习，不要有其他想法。阿爸说道："我已经与你的阿妈和好了，就像我们恋爱时一样。"

当着我的面，他们热烈的拥抱，激烈的接吻。那一瞬间，我觉得天空阴转晴，新德里的天空也可以如北京一样的清澈、蔚蓝。

他们要求见那个印度网友，我拒绝了他们，我的理由是："我的秘密我自己做主，现在还不是时候，不过，我相信，明年你们过来的时候，就是个好的时机。"

他们点头答应着，就好像他们两个成了和我一般大的孩子。

晚上，多多批评我自私得过分了，我说"我怎么了，我不是为了他们好呀？"

多多说道："他们争吵是不对的，但没有任何错误，他们分手了，也可以保持着纯净的友谊呀？在非洲，有一种古老的仪式——离婚宴，如果双方过不下去了，就可以叫上亲朋好友，在烛光点燃的夜晚，唱着分手歌，然后举行一场浩大的晚宴，他们喝分手酒，从那晚以后，他们见面时，仍然是最要好的朋友。"

我诧异地望着他，我觉得他的话说得有理。

(5)

哈里开始追逐我时，竟然引起了一场爱情地震，多多与法尔原本是对仇人，为了保护我，他们竟然搭成了一伙，他们叫嚣着哈里，哈里与他们两个人打架，结果一败涂地。

哈里没有就此罢休，他纠集了三十多个学生，闯进了我们的课堂上，哈里说谁都不揍，就打多多和法尔，还要求中文老师不要管。

老师也是个怕事者，看到如此大规模的战役，他显然有些不知所措，无奈之下，他选择了退缩，就好像第一次世界大战期间的美国那样袖手旁观。战场挪出来以后，现场便成了一片狼藉。

哈里个子矮，闪躲着，抵抗着，且战且退。

多多个头大，自然身上落满了伤，我护着多多，他们不敢打我，这是哈里下的命令:"谁也不要动小美人,否则我杀了他全家。"

这场战争以互相失败而告终,因为中文老师参与了最后的战事,他密集型地调集了许多大规模的武器来打扫战场,战利品不仅归他一人所有,他还出了通报,在全学校范围内告诉大家:不要轻易挑起战争,否则,学校便是最大的受惠者。

(6)

下一年的夏天,我终于又见到了阿爸和阿妈,他们脸上虽然强笑着,但我分明感到他们沧桑了许多,岁月没有给我写来任何信息,但轻易地带走了他们的青春年华。

我感觉有些对不住他们,阿妈出去时,我问阿爸:"这两年时间,你们过得还好吧?"

阿爸笑着:"很好呀,丫头,我们互相体谅着对方,就像当初恋爱时一样,不骗你。"

我终于发现了一个嫌疑,那是一个傍晚,我竟然看到阿妈与法尔在一起,他们用英语交谈着什么,好像他们早已经相识的样子。

我想去问阿爸,却意外地发现:阿爸竟然将多多搂在怀里,不停地亲吻着,俨然就是一对亲生父子。

我终于闯进了他们的生活中,我说:"你们两个家伙都是坏蛋,一个找我的阿妈,一个找我的阿爸,你们要娶我,必须得经过我的同意,他们两个人永远做不了我的主。"

我的话使得他们哈哈大笑起来,这一笑,我感觉云里雾里。

多多对我说道:"小妹妹,该让你知道真相的时候了,我和法尔是好朋友,所有发生的打架事故，都是我们一手策划的，不想让你太伤心，逗你笑而已。"

法尔给我说道："刚才你看到的一幕，是正确的一幕，没有添加任何水分，你的阿妈，我现在叫她母亲，你的父亲，多多叫他爸爸。"

我强忍着泪水，想站起身来与他们理论，这时候，四个人走了进来。

我看到母亲与一个印度人站在一起，法尔喊他"爸爸"。

我看到父亲与一个中年女人站在一起，多多说，那女人是他的母亲。

(7)

我终于明白了他们的良苦用心，在我离开北京的那一瞬间，他们分别采取了补救的措施，阿妈打电话给远在印度的情人，请求他保护我的安全，他的儿子法尔，拍着胸脯说不会让我吃亏。

阿爸与那个女人在一个月后，派了那女人的儿子多多去了新德里，他们之所以这样做，全然是为了我。

我的阿爸和阿妈，为了遮掩我的自私、孤独和任性，竟然在两年多的时间里，没有离婚，他们强颜欢笑着在一起，只不过是为了他们的女儿。

当我知道这一切后，我跪倒在他们面前，眼泪成了一条涓涓的小河。

半年后的一天，新德里郊区的草坪上，举行了一场十分隆重的分手仪式，阿爸和阿妈喝了分手酒，然后开始了他们想要的生活。

一年后的一天，我回到了北京，我见到了姥姥，我已经知道如何向她老人家解释人世间的悲欢离合了。

那一年的圣诞节，我收到了无数从新德里邮来的贺卡，多多和法尔在同一张贺卡上这样写着：亲爱的妹妹，我们会永远保护你的。

那一年，我18岁。

荷兰中学，开一门叫"友情"的必修课

荷兰首都新阿姆斯特丹市，时间是 2010 年，当地一所中学发生了一起骇人听闻的仇杀事件：一个年仅 14 岁的男孩子，在放学的路上，将一个女生杀死后逃之夭夭。警方迅速介入了调查，一周后，在新阿姆斯特丹市郊的一条河中，发现了男孩子的尸首，他畏罪自杀了。

这起事件的原因十分简单，这名女生是班里的优秀学生，却一直趾高气扬，在班里俨然就是一名高傲的公主，目中无人；而这名性格内向的男生，学习不好，一直希望着提高自己的学习成绩，因此，他向这名女生请教，而女生却出言不逊，当着众人的面，将男生骂得体无完肤，男生忍无可忍，在沉默了两天后，终于在半路上截住了女孩子，他想要个说法，但女孩子就是不依不饶，唇枪舌剑，男孩子失手杀害了女孩子。

这起事件，在全社会引起了波澜，如何引导学生们的情绪，如何处理男女生之间的友情，迫在眉睫。

该所中学，一名叫波特的中学生，写了一封倡议书：要求每个在校的学生要珍爱自己与他人的生命。同时他提出了开办"友情"课的倡议，他认为：友情如金似银，但处理不好，便可以变成一种诱惑甚至于伤害，他要求政府、议会确立相关教材，并且能够将此列为必修课程。

这则倡议被刊登在《阿姆斯特丹时报》上，一时间，引起了大规模的讨

论，整个荷兰都在讨论这起事件所造成的负面影响。

波特的倡议书被荷兰国会立了项，要求议员们投票选举，但遗憾的是，2010年圣诞节前夕，这个提案被无限制拖延，理由十分简单：是否有这个必要？

2011年春天，姹紫嫣红的大街上，孤独的波特举着倡议书，在政府面前示威，没有人支持他，许多学生家长也认为这样的课程是小题大做，在全世界，根本没有哪一所学校专门开设这样的课程。

波特并没有因此停下脚步，他回到学校后，联合了自己的一些好友，约定于3月7日举行一场游行活动，如果政府不给他们一个说法，他们会将游行进行到底。

当日，游行活动发展成了声势浩大的示威活动，许多知道情况的家长们、学子们纷纷加盟，大家一致要求开设一门叫"友情"的课程，呼吁全社会关注中学生，因为他们是国家的明天。

2012年10月，经过长达一年时间的质询，荷兰终于通过了在全国中学生中开设"友情"课程的硬性规定，要求全国的中学生，必须增设"友情"课，很快便启动了编制教材的方案，波特荣幸地被列入了编审名单。

2013年7月，"友情"教材正式发布实行，打开教材的扉页，便会看到一个男生与一个女生握手的图画，下面一行大字，"关爱自己，关怀他人，关注友情"。

是啊，友情是人世间最珍贵也最容易消逝的情感，在学校生涯中，友情是金银财宝，是千金买不来的爱与财富，其实，我们每所学校都缺少一门叫"情感"的课，它是人生的必修课程。

捐赠也是一种责任

瑞士首都伯尔尼的中小学校园里,每周都会进行一次公开的捐赠仪式,校方对这样的仪式十分重视,甚至比期末考试还要关注。

在瑞士人看来:捐赠也是一种责任,从小便要培养孩子学会关爱他人、体谅他人,赠人惠己,是瑞士人的处世风格。

捐赠并不刻意要求捐赠数量,伯尔尼第一小学的校长西蒙先生对此深有感触,他讲了30年前的一则故事:

当时,瑞士人的意识形态发生了变化,人人崇拜金钱,唯利是图,这种风气蔓延到了校园里,这是一种可怕的现象,孩子们学事物的速度非常快,尤其是坏习惯。在第一小学里,西蒙先生当时还是一名普通的教师,他倡导了全世界校园里的第一次捐赠活动。

当时,许多人对这样的想法不理解,捐赠是有钱人的事情,与穷人无关,与学生无关,更与老师们无半点瓜葛。组织的第一场活动,参加的人寥寥无几,不需要强制性,捐赠本身就是一种自愿与自由,最后,那次捐赠,只收获了可怜的10法郎,而西蒙先生,却没有伤心,他持之以恒地推进每周一次的捐赠仪式,就好像在教堂里,面对着耶稣的画像祈祷一样神圣。

这样的捐赠仪式,坚持了30年时间,如今,它早已经成为伯尔尼第一小学的校训了：每个孩子，从小便要学会关爱他人，哪怕你捐出的只是微弱的钱。

仪式开始了，西蒙校长会亲自念上一段《圣经》，大家神圣的祈祷，面对捐赠箱，大家要在内心深处发誓，自己的捐赠出于真心，而并非强制，你可以不参加，但如果参加了，就一定要心诚；然后，大家一一走过捐赠箱捐款，为了保证公平与无私，会有校外的公证人员参与每次捐赠仪式；每次捐赠所得，都要用于对贫困生的补助。

如今，捐赠已经瑞士一道美丽的风景线，每年，都会世界各地的游客们来到校园里，参加神圣的捐赠活动，大家虔诚地在捐款箱中捐出钱财，为他人带来祝福，更为自己捐来平安幸福。

瑞士的捐赠行动，早已经普及到了欧盟其他成员国，比如说法国，每年圣诞节前夕会有议会领导带队，进行郑重的捐赠行动，2012年的全法捐赠活动，有将近一千万人参加。

在瑞士，大家以捐赠为荣，规模盛大的捐赠仪式，也成了瑞士人的精神遗产，容不得他国进行效仿甚至于抄袭，瑞士的民众甚至认为这样的捐赠仪式可以申请国际专利，他国不得随意模仿。

人性化的考量，是瑞士人心目中的神祇，瑞士的每个设计、每项政策，都出于人性化，他们绝不允许伤害每个生灵的尊严。

莫斯科的校园吉他手

俄罗斯人喜欢音乐艺术，音乐也是俄罗斯人的灵魂，可以陶冶情操，也可以稳定人的情绪，音乐也是这个民族伟大的精神图腾。在莫斯科郊外、城市、大街两旁或者在地铁站里，随处可见色彩斑斓的吉他乐队，他们免费为大家演奏古老民族的乐曲，他们沉浸在音乐的氛围中，仿佛已经置身事外，回到了遥远的过去。

音乐是俄罗斯民族的辉煌，代表着一种缅怀以及对伟大复兴的希望。

俄罗斯十分注重对中小学生的音乐教育，在俄罗斯，音乐不是选修课，而是必修课，如果哪个学生，不具有音乐方面的天赋，不能在公众面前唱出几首优美的歌曲来，那他一定是落伍了，或者说他根本就不是俄罗斯人。

在莫斯科第一中学，一个班里，就有十组吉他方队，如果碰到了音乐课程，那一定会有好戏上演了，因为整座教学楼里，到处飘荡着歌声。因此，第一中学为了避免一个教室唱歌影响他人的情绪，规定每周一下午，是全校的音乐课程，如果你碰巧遇到了周一下午时候造访，那你一定可以感受到那种气势了。

此起彼伏的歌声，婉转悠扬的乐曲，时而高，时而低，时而起，时而落，大家展开了竞争，生怕自己的声音低落会影响大家的心情。

第一中学的领导们，此刻会倾巢而出，绝不可以坐在办公室里，或沉迷于网络游戏中，因为他们要考核各班的成绩，对吉他手的表现进行考评，当天下班前，他们要评选出最优秀的校园吉他手，每周的冠军，到月末会参加月冠军角逐，如果到了元旦前夕，第一中学里会热闹非凡，因为每年一次的校园吉他手大赛会拉开帷幕，年级月冠军，会在学校的礼堂里一展歌喉。如果哪个方队得到了年末总冠军的称号，那是至高无上的荣誉了，他们通常会被免费送到莫斯科音乐大学进行深造，那是一种无上的荣耀。

校园吉他手，不仅仅是一种竞赛与形式，还有一项重要的职能，那就是募捐。俄罗斯人崇尚捐赠，认为捐赠是一个人的责任，校园吉他手也不例外。他们会在地铁站里长时间逗留，如果哪个人走过他们的身边，不需要宣传，他们的容颜以及服饰会表明他们是校园吉他手，你必须要慷慨解囊，否则，会受到道德的谴责。

据统计，校园吉他手每年募捐到的款项大约在2000万卢布，这些钱会以统一的方式捐赠到国家机构。

校园吉他手还有另外一种功能，就是免费为空巢老人演唱，老人们通常会在敬老院里，他们生活孤单，没有情趣，校园吉他手便成了他们情感的慰藉。在一家敬老院里，老人们坐在一起，看两个戴着面具的中学生表演弹吉他，他们诙谐滑稽的表演，引得在场的老人哈哈大笑之余，解除了烦恼，树立信心面对以后的生活。

音乐是药，可以净化灵魂，更可以让人奋发向上。在俄罗斯，校园吉他手是一道靓丽的风景线，他们会千年万载地传承下去，这不仅仅是一种风景，更是一种义务、责任与承担。

如果你不曾到过春天

　　一个年近百岁的老人，孤独地坐在门前的椅子上晒太阳，一个乞丐模样的少年，接近了他，企图从他的微薄所得中分到一杯羹，但他却失望至极，因为老人生活艰辛，根本不是他想要猎获的目标。

　　少年准备离开时，却蓦地出现了惊险的一幕：快要睡着的老人身体在下垂，眼瞅着老人就要落在地面上，而地面上，尽是一些凌乱的碎石。

　　少年自幼家贫，父母双亡，靠乞讨与抢劫过日子，他本来是过来索取的，他根本没有想过自己会付出。此时，他的本能促使他接近了老人，用稚嫩的双手托起了老人瘦弱的身体。

　　少年别无选择，因为老人需要住院，住院需要费用，而老人一直处于高度昏迷状态，少年取出了自己多年积攒的银财，替老人交了住院费用。

　　他计划着远离是非，老人是个无底洞，他甚至咒骂自己的良心未泯，这样下去会害了自己，但的确是良心未泯，他离开了才半天时间，便感受到了老人的孤苦，他迫不及待地重新回到了老人的病床前，而当时，老人刚刚苏醒，他需要一杯水来解渴。

　　少年及时送上了水，老人苏醒了，并不排斥他。少年就是少年，脸上没有写着坏字，少年天真烂漫，哪个老年人都喜欢与少年来往。

　　少年本来想着利用自己辛苦积攒的钱财去一所好的学校接受深造，但他的计划落空了。百岁的老人,身体极度虚弱,需要人的照顾,医院里的人将少年当成了老人的孙子,要求他片刻不得远离,否则会让警察逮捕他。

少年有苦难言,但他下定了决心,必须要等到老人痊愈。

老人的病情在加剧,直到某个黄昏,少年消失得无影无踪,医院里的人忙坏了手脚,谴责之余,便是对苏醒的老人进行数落,认为他没有教育好自己的孙子。

病中苏醒的老人道出了真情,他根本不认识这个孩子。到现在为止,真相大白于天下,一个年幼的孩子,非亲非故,照顾老人三个月有余,自己垫付了昂贵的医药费用。媒体蜂拥而来,炒作、爆料,一段真情故事浮出水面。

全城搜寻少年的消息,老人说要感谢少年的悉心照料,但少年却失踪了,此时此刻,少年正面临艰苦的抉择,因为他被几个同伙骗到了郊外,要求他交出巨额财产,如果不是如此,他哪会有钱交老人的医药费用。

少年于一月后成功自救,他满身是伤,他抱着试试看的心理到了医院,却看到了空空如也的病床,在午夜的街头,他看到了大街上到处贴着找寻他的海报:孩子,爷爷盼着你回家。

少年凯特的故事感动了整个俄罗斯,在莫斯科,在2013年的冬日,到处都讲述着凯特的故事,凯特由此获得了莫斯科第一小学的垂怜,他破格被录取到学校接受正规的教育,不仅如此,做了好事,好福气便会不请自来,老人留下了遗嘱,将自己的整套院落留给了少年凯特,这座院落粗略估计,价值上千万卢布。

第一小学开展了向少年凯特学习的行动,如今,校园成立了各种各样的关爱老人小组,他们打出了这样的口号:送给老人一个温暖的春天。

如果你不曾到过春天,我们会请来温暖的太阳,请来花枝招展,请来万物复苏,你的世界里,将从此不再冷若冰霜,而是春满人间。

可以自己选老师的学校

在巴西首都巴西利亚的西部郊区，有一所叫利雅得的学校，学校名不见经传，但最近却曝出了惊天的消息：这所学校别出心裁地推出了"学生可以选择老师"的制度。这样的制度，在世界上尚属首次，因此，吸引了整个巴西乃至世界的眼球。

利雅得学校兴建于20世纪60年代，历史悠久，但由于管理不当，加上几任领导的不作为，到了2010年，学校已经濒临倒闭的边缘，老师只剩下老态龙钟者，学生也是学习最差者。偌大的教学楼，门可罗雀。

新任校长霍地先生十分头疼，这是政府对他的信任与考验，如果在两年任期内，无法扭转这种尴尬的局面，这所学校将面临关闭的风险，届时，这儿的土地将被卖给开发商，也许用不了几年，朗朗的读书声便会被如林的经济大潮所淹没。

霍地的家就在这儿，因此，当他被任命到此地时，他并没有做过多的考虑，只是一门心思地想着如何使百年名校发扬光大，但到达现场时，才发现自己的感觉全是错误的——他有些后悔，但已经无济于事。

霍地召开了全校老师会议，按照标准，学校应到老师120人，实到老师才20余人，一些老教师如数家珍地向新校长介绍着学校过去的辉煌历史，说到痛处，现场一片啜泣声。霍地鼓励大家振作起来，相信通过大家的努力，一定可以扭转这种局面。

要想招到学生，必须要有好老师，霍地在当地媒体贴了广告，给出了丰富的待遇，老师们应征者无数。由于政府的干预，加上学校教育有回暖的迹象，一些学生家长尝试着将孩子转回了利雅得学校。

霍地经过认真地思索后，制订出了"学生可以选择老师的制度"，定期对老师进行考核、选举，在这儿，学生们说了算，对于学生们提出的意见，老师们必须认真倾听，然后选择性地接受，实在是无理取闹者，便可以直接交给学校教导处进行处理，老师无权决定学生的去留。

当地议员与群众对此事褒贬不一，认为此举不一定能提高教学质量，但霍地校长却固执己见。

由于特立独行的教学风格，加上校长的平易近人，学校的生员不断增加，到了2012年，学校已经拥有师生2000余人，2013年，利雅得学校参加了巴西名校竞选活动，在全国2000多家中小学校中，夺得了第7名的殊荣，彻底扭转了原有的困境，霍地校长也因为制订与众不同的校规和采取特殊的教育模式，而受到了巴西总统罗塞夫的接见。

媒体应约参观了利雅得学校，看到了这样的情景，一名刚刚被学生否决的老师，不得不从教育岗位上下来，去学校的后勤处工作，另外一名优秀的老师，已经顶替了他的位置。

利雅得学校的校规是：学生可以选择自己的老师，学生与老师共同成长。

让一座山为孩子们让路

英国曼彻斯特市北 300 公里，有一座不知名的小山，小山脚下，有一条河，河环绕着山，在河与山的中间有一片洼地。15 年前，一个叫诺斯的女老师，在这片洼地上建立了附近第一所学校，这所学校解决了附近二百多名学生上学难的问题，因此，诺斯一度成为百姓眼中的英雄式人物。

学校面积并不大，除了简易的校舍外，没有任何体育设施，学校有 5 个班级，在诺斯的带动下，有 5 名老师先后来到学校任教，有些人扎根下来，一干就是 10 年时间。

诺斯是一名勤恳的师长，她一直在阅读关于教学方面的书籍，希冀将这所学校办成一流的名校，但受地理位置限制，学校至今没有建立一个像样的操场。前面是河，后面是山，虽然依山傍水，但面积狭小，也曾产生过迁校的念头，但这何等困难，几次去政府协商后，诺斯老师下定决心将后山的小山夷平，然后建立一所符合标准的操场。

谈何容易？山虽然不高，但多碎土，如果没有大型的挖掘机械，将是一项巨大的工程。

诺斯找到了政府人员，但政府人员解释说，议会同意才可以实施，另外需要环保部门、地质部门的勘探，这项工作如果论证成功，大概需要三到五年的时间。

诺斯无法等下去了，孩子们无法体育锻炼，这样的学校如何谈得上合格？

诺斯到附近的工地去，挨家挨户的讲解自己的诉求，老板们并没有理解她的苦衷，在他们看来，经济才是第一生产力。

诺斯利用业余时间与下课时间，与二百多名学生们一起，利用"愚公移山"的方式，一点一滴地搬运后山的石土，一干就是两年时间，两年后，一座简易的操场终于成功了，当地的一家器械部门为学校捐赠了简易的锻炼器材，学生们喜出望外。

他们的壮举赢得了全社会的一致赞扬，群情激奋，附近的老百姓过来帮忙，他们有决心将后面的整座小山搬走，然后盖一所现代化的教学大楼。

企业家们也闻风而动，有人出人，有力出力，有钱出钱。政府拖了后腿，曼彻斯特市议会对市长的不作为进行了敦促，要求政府责期将整座山搬掉。

政府也为难，因为按照法律规定，需要相关部门的认可，不能破坏水土流失与植被构成，这一系列过程，时间漫长。

诺斯老师管不了许多，在他的眼中，孩子们就是人间的天使，他领着众多学生们、附近的群众，还有一些企业家们，干了三年，整座小山被夷平了。

2013年8月，一座现代化的教学大楼，屹立在河的前方，学校剪彩当天，曼彻斯特市长满脸愧疚，说到痛处，潸然泪下，他说："由于政府的失职，差点耽误了孩子们的明天。"

山挡移山、水来土屯，再大的困难，也无法阻止诺斯老师与孩子们的万丈雄心，当地媒体盛赞诺斯老师的壮举是英国版的"愚公移山"。

一个人与雾霾的斗争

加拿大魁北克省，从 20 世纪 60 年代开始，有一家大型的煤电厂便拔地而起，煤电厂主要负责魁北克省的用电问题，这是一家美国人投资建设的项目，加拿大政府与当地政府十分注重这家企业的地位与生存，因此，在政策上大力扶持。

燃煤产生了大量的灰尘，负面作用就是导致整个北部农村地区雾霾严重、雾锁重楼，如果到了冬季，湿气与冷气交织在一起，不分白天黑夜，简直就是"暗无天日"。

北郊有一所近百人的学校，这儿的学生多是农家的孩子，无法在短时间内到市里的重点中学上学。在一个冬季，孩子们受到了严重的雾霾影响，许多人得了呼吸道疾病，不得不躲在家里；这个百人学校，老师们所剩无几，孩子们除下生病请假的，只剩下十余人。

诺克校长是本地人，他回忆道："记得 10 年前，这儿青山绿水，生机勃勃；这所学校就是在他的倡导下兴建的，剪彩当天，晴空万里，当地政府，以及加拿大的一些公益明星们，应约前来，孩子们欢呼雀跃。"

如今，才 10 年时间，这儿成了污水横流、烟雾弥漫的"地狱"，连最基本的呼吸权利也被剥夺了。

诺克开始奔走于政府与煤厂之间，他的理由十分简单，就是要取缔这样的污染工厂，还百姓一个朗朗乾坤。

在市政府办公室里，他义愤填膺："孩子们，得了严重的呼吸道疾病，只能躲在家中，老师们，不愿意在这儿施教，谁在受伤，谁是制造污染者？"

市政府的工作人员这样回复："这个难题，我们需要好好协商，也许是一年，也许是十多年时间，这家煤电厂的重要地位，你比我更清楚，如果停掉，整个冬天，百姓们只好在冰天雪地里过冬了。"

加拿大政府决策周期非常缓慢，一个简单的项目，需要长达三到五年的论证，更别说关闭这样一家身份显赫的煤电厂了。

诺克找到了煤厂，见到了他们的一位负责人，那位负责人这样解释道："老人家，我十分同情你，可是，这事情，我们说了不算，不过，我们可以为孩子们提供一些帮助，比如说书本、教室等，或者，您可以跟政府说，让孩子举家迁往渥太华，那儿环境优美。"

这只是一种搪塞罢了，举家迁走，怎么可能？庞大的工程，再者说，如果百姓们全走了，这儿岂不成了他们的天下，可以为所欲为、无法无天了。

诺克从1980年开始，奔走了20年时间，期间，这所学校被迫关闭，虽然政府采取了严密的控制排放的措施，但效果甚微。

诺克到了渥太华，他准备到总统府前请愿，却遭到了拒绝。

诺克到了国会大厦前，他巧遇了国会下院议长伯名先生，伯名先生答应他，将在国会提及此事。

伯名先生果然这样做了，半年时间的讨论后，得到的结果却是：延长煤电厂的供应量，因为无法在短期内，在魁北克省建立起一座如此大型的核电厂。

一拖三十年，诺克先生并没有停止斗争，他退休后，依然关注着这儿的天气情况，他用了 10 年时间，详细地记录了这儿的空气状况、天气情况以及雾霾程度。

2010 年 3 月，加拿大国会上，已经是议员的诺克先生，陈述了当地政府的无能以及加拿大政府的言而无信，当天，国会通过了否决案，要求煤电厂关闭；如今，一家大型的核电厂取代了原有的煤电厂，空气趋于优良，学校恢复了琅琅书声。

诺克，一个人与雾霾的斗争，最终他取得了胜利，这是圣洁的胜利，也是一次彪炳千古的成功。

人生的紧要关头

  一个中年老师，开着大巴车，行驶在宽阔的高速公路上。车上坐着一群13岁左右的孩子，他们要到异地去旅游，胖胖的司机是他们的老师。

  万里无云，芝加哥的空气质量十分好，孩子们高兴地唱着歌，车里尽是欢快的歌声，老师会不断地叮嘱他们注意安全。

  但危险却发生在瞬间，司机的心脏病突发了，车身剧烈的抖动着，出现了倾斜，孩子们本能地叫了起来，慌作一团。

  一个高个子的男生从座位上冲了过来，他以最快的速度到了司机身旁，伸出右手操纵着方向盘，迫使车停到了停车带上，由于操作生疏，车子的前方擦到了栏杆上，发出了巨大的声响。

  后面两个男生跑到了司机旁边，一个孩子哆嗦着从老师的口袋里寻找着速效救心丸，另一个孩子拿起了手机报警。

  还是有学生受了伤，头碰到了车窗上，救生包拿了出来，里面有许多的应急药品。

  那个高个子的男生顾不得擦汗，招呼着大家安静。

  车已经停稳了，高个子男生费力地开了车门，将应急牌拿了出来，放在车的后方。

急救车于5分钟后到达了出事地点，学生们报案及时，司机老师被抢救过来了，转危为安。

三天后，老师站在讲台上，向大家问好，许多学生尚未从噩梦中惊醒。

这其实只是一场演习，芝加哥学校每年都会进行这样的演习，演习前并不告诉你要发生什么，主要是对平常学习的紧要脱险知识进行考察。

老师在课堂上认真地总结着这次远行的教训，他肯定了大家做得好的地方，但也提出了不足之外，比如遇事不要大叫，要冷静思考；要避免头部受伤等等。

在美国，逃生演练是必修课程，每学期都要进行无数次模拟演练，这有助于提高年幼的孩子对危险的认识，以及掌握各种逃生的实战经验，如果你成绩不合格，将会被列为不及格生源，还要进行补考。

演练十分逼真，事前并不通知大家，惊险却刺激，比如会遇到"歹徒"，或者是发生交通事故，还有可能在高楼发生火灾等等，还有针对每个学生的单独练习，下学途中发生了劫持人质事件，你该如何应对等等。

一个叫尼康的13岁中学生，遇到歹徒后，勇斗歹徒，用机智与智慧骗取了歹徒的信任，并且于三日内成功自救，这个叫尼康的孩子，被评为"年度最佳机智少年"。

天有不测风云，在人生的旅途上，每个人都有机会遇到不测。面对挫折，是勇敢面对，沉着解决，还是自暴自弃，甚至付出生命的代价，的确是一门值得思考却又无比沉重的课程。

每个人，都需要铸炼坚毅的品格，锻炼个人迎难而上的意志，在人生的紧要关头，训练有素的人，一定时刻做好了与困难作斗争的准备，对于这些有准备的人，哪怕发生了危险，他们也可以柳暗花明、苦尽甘来。

那一场虚无缥缈的鸡零狗碎

一切源于那场虚伪自私的稿费事件：一张意外的稿费单，飘落在我生命的天空里。我的私欲膨胀急剧激化，发酵成张扬与无限的渴望。

这是我头一次正大光明的出名，在整体脆弱不堪的校园里，没有多少男女同学有如此的造诣。因此，我有了粉丝，收到了信笺，还有一些信誓旦旦、不明事理的女同学，将自己的心事和盘托出。总而言之，那几日，我的心飞到了霄云外。

文化课本来就是我的软肋，我自幼喜欢鼓捣一些莫名其妙的玩意儿，好让大家觉得我不可思议与非同寻常，由此及彼，我喜欢上文艺，想当一个文艺青年，做一名流浪的作家与歌手，我开始狂热地修饰自己的外貌，虽然瘦弱，但头发需要收拾地一尘不染、油光可鉴，绝不能放过丝毫能证明自己出类拔萃的证据。

在家中，我也成了骄傲的资本，我向母亲自诩那份稿费挣来得艰难，向平日里一贯作威作福的父亲细心地讲解写作的内涵。听得他们云里雾里，不得不逢人便讲儿子的伟大与少年老成。

我的成绩一落千丈，虽然音乐老师喜欢我，但语文、数学老师将所有的不满与失望，变成一个电话与一封信，辗转落在原本笑容满面的父亲的面前。

父亲头一次弄清楚了事情的原委,他差点被自己的儿子蒙在鼓里而不可自拔,原来,所有的自豪与骄傲均是虚无缥缈,均是一场作秀的游戏。

而当时,我正好骗取了父亲的信任,将一把吉他擎在手中认真地倾诉。

每个男孩子都有一个吉他梦,这可能是老狼同学的功劳。长发飘飘的年代,一双玉手,轻挑帘笼,雨滴芭蕉,没有比青春更刺激的快乐了。

我最大的心愿就是要在学校的后操场举办一场个人吉他盛宴,为此,我以自己为中心,发动了无数名男女同学参加,我甚至添加了商业元素,所有观看演出的人,均要出资出力,不疼不叫艺术。

父亲差点摔了我的吉他,幸亏我手疾眼快,夺了吉他,当作宝贝一样地保护起来。

但是一场与父亲的对话在所难免,有些剑拔弩张的气氛,这是头一次与父亲严肃认真地谈判,父亲让母亲暂时回避,一瓶啤酒灌进他的胃里,而我头一次面对了他的威严。

我谈了自己的理想,说明了自己对艺术的渴望与感染力,我甚至以一首仰天长啸的摇滚乐证明自己对艺术有多么深刻的理解!父亲无言,啤酒一杯接着一杯,酒入愁肠后,一向木讷不自信的父亲拍案而起,他不知道如何表达自己的感情,最后选择了一场赌注,作为父亲,他要求我在这次吉他盛宴后暂时收敛艺术情怀,按捺住自己的性子,好好恶补文化课,高考后,听天由命;作为儿子,我有责任答应父亲,青春盛宴成功后,我将金盆洗手,锁了吉他,扔了梦想,目标直指象牙塔。

我们击掌发誓,然后各奔东西。

虽然我发动了各股力量,但据可靠预估,我的宴会依然召集不够百人力量,于是,出现了这样的场景,每天傍晚,草长莺飞之时,一个少年,握着吉他出现在后操场，音乐声音此起彼伏，有些许陌生的少年匆匆而过，将一记漠然丢给了风雨雷电。

五一前夕，吉他盛宴的操办已经排上了日程，我们一帮少年，破罐破摔，海报早已经贴满大街小巷，成本岂能收回？我们认真地准备，哪怕台下没有一名观众。

盛宴如期举行，没有多少人参加，只当是几名懵懂少年的一时兴起罢了。

寥若晨星的观众，偶尔会有几丝像夜鸟一样的嘲笑声、口哨声中响起，这场景令我万分失落。

但我们的盛宴举行到一半流程时，台下竟然莫名地涌入了无数名大人，他们趁着夜晚时机，借着看自家孩子之名，将后操场围了个水泄不通，有相机响动的声音，更有镁光灯在都市的夜晚闪耀出柠檬色的光芒来。

这样的场景，自然也惊动了寝室里打扑克、补晚自习的老师与学生，人们自发地朝着人多的地方走去，台下掌声雷动，操场顿时成了欢乐的海洋。

我没有想到，这次青春的梦想竟然以这样一场皆大欢喜的结局收场，从此，我暂离艺术，一切与艺术有关的荣辱生涯均与己无关，我要实现答应父亲的赌注，将青春凝结成献给父亲最好的礼物。

高考过后，我竟然意外地收到了一张光碟，光碟中全是那晚我们表演的场景。父亲在我最困难的时候，邀请了他们工地的民工兄弟，并且邀请了一名会摄影的工程师与他们同往。他保留了一个孩子的少年尊严。

一个父亲，满足了儿子的青春美梦，而一个儿子，他以最后突击式的复习考上了理想的大学。这也算得是一起圆满的赌博，双方不分胜负，而那一起击掌为盟的誓言也会以下半辈子的相互支持与慰藉继续承诺。

回报一次支离破碎的善良

他是全班每况愈下的差等生，他家境贫寒，在班中不起眼，每次考试，最后一名是他的专利。有时候我们觉得他可怜兮兮，姥姥不疼、舅舅不爱的，就像风中之烛，随时有熄灭的可能性。

而他的转变，完全缘于一个高个子姜姓老师的介入。

首先是破例申请，免了他全额的学费，这对于他捉襟见肘的家庭来说，简直是打了一针兴奋剂；其次是竟然建立了帮抚关系，要求优秀的学生帮助差生，家境好的帮助不好的，团结友爱，互帮互助要成为班里的时尚。

姜老师还发誓要将班里的差等生带入上游，并且以击掌发誓的形式给我们上了一堂生动的江湖课程，让我们泪流满面。

此后，我成了他家中常客，一段时间接触后，才知道他有学习的天分，只是平常被掩盖住了，无从挖掘罢了。

他爱唱歌，天赋的好歌喉，我们得知这个消息后，迅速地组织了一次别开生面的晚会，我们用热烈的掌声鼓励内向的他上台表演，而他则受宠若惊似的以一次完美的表现技惊四座，从那天起，他变得很开朗，在期中考试时，竟然一跃进入中等生的行列。

差等生们不干了，开始反抗，原来有个人垫底，不会成为老师眼中的钉子，如今这个钉子被人拔掉了，而所有帮凶们必将成为众矢之的。

我与他回家，在半路上遭遇了责难，他们包围了我们，双方战事迅速拉开，而我的人高马大占了先机。自此，我与他竟然成了莫逆之交。

由于我的个人魅力，加上姜老师的鼓励，他简直成了全班唯一的宠儿，帮助他的人排成了列，好像房地产兴盛时，排队买房的人排到了海角天涯。

他却突然间谨慎起来，学习迅速倒退，心灰意冷的样子让人好想给他一记耳光。姜老师叫来他寻找原因，后来才知道，原来是他面对大家的帮助，觉得过意不去，就像一块石头，压在心上，总想着回报，却前途未卜，这么多的债从何还起，且现在又无从还起。

从那天起，我们学会了帮助的限度，原来，面对比我们差的人，我们更需要调整好自己的状态与照顾好对方的尊严。帮助人也是一门学问。

时光白驹过隙。高考后，我们都已经长成了大孩子，尤其是他，苗条的身姿，印证着他的卓尔不群。

班里几个家伙在筹划毕业聚会的事情，我才知道，他们竟然将目标锁定在他的身上，帮助他一年了，总得有所表示吧。

我维护着他的自尊，因为我知道他家没有钱，仅有的零花钱，也是他母亲含辛茹苦省下来的，我打抱不平之时，他竟然站了起来，一脸羞赧地说道："这客我请了。"

那晚，全班20名同学到场，有一半以上的学生选择了回避。大家喝了酒，抽了烟，真正当了一回男人。而我的心里却盘算着当晚的花费与他的难堪，结账时，他拨开了我的手，从口袋里掏出一大堆的毛票，让收银员一脸无奈。

那件事情，对我的震动很大，这些见风使舵的人，将成为我一辈子鄙视的人。

毕业两周年聚会，才知道了事情的真相，那晚的聚会，居然是姜老师的创意。原来是不想让他带着包袱踏上人生之路，更是为了让他学会感恩，不让生命留下遗憾，那晚的所有餐费，姜老师以匿名邮寄汇款的方式还给了他。

我庆幸那晚去赴了约，否则，以前那些鸡零狗碎的善良恐怕会变成支离破碎的残梦，无情地搅扰他的一生，而我们，则以一杯酒，一次最后的聚会接受了他对我们帮助的回报。这对于我们，可能早已经无足轻重，而对于他和他的将来，却是一件多么美好的事情呀！他可以轻装上阵，脱下了欠债的外衣，轻轻松松地踏上创业之路。从此，无论成功抑或失败，那场聚会都已经变成慰藉——他是如何拼尽全力地回报过那些帮助过他的人，这也是一种爱或被爱。

每个坏男孩都是天使

坏男孩站在天桥上，无助地瞅着滚落的人群川流不息。坏男孩失去了入学的资格，在此之前，他做尽了坏事，偷鸡摸狗，是人见人怕的角色。

他曾经将毛毛虫塞入班里女生的抽屉里，吓得胆小的女孩子像只老鼠一样尖叫起来；更会在老师的茶杯里放进粉笔沫子，老师感受到了一种从未有过的无奈感。他失去了理智，学习成绩倒退不说，此后，厌学，不再归家，与一帮小混混们一起流浪街头网吧。

坏男孩通常受到了溺爱，父亲含辛茹苦却通常对他无力回天；坏男孩通常有着通天的本事，他们喝酒抽烟闹事，直至将整个校园染成了乌七八糟。

坏男孩都曾经认过错，但不久又会故态复萌，他们辜负了父母的良苦用心，但所做的事情，通常背着他们，老师们有时候会打打电话，将他的丑行告诉家人，但这毕竟对自己的脸上无光，时光久了，老师们便默认了这种现实——只要你不将天捅出个窟窿来，一般没有人招惹你。

每个校园里都有这样的坏男孩。

坏男孩走在大街上，无所事事，功课对自己来说宛如复杂的工程，游手好闲才符合坏男孩的真正身份。

人群骚动起来，车流停止，许多人拥向了前方观看，有事故发生。

坏男孩挤过了人群，步入某家小区里，看到了危险的一幕：一个几岁的孩子，在阳台上晃悠着，身体悬空，全靠脑袋支撑着幼小的身体。

人们大呼着，孩子家中无人。

有人报了警，有人抬来了地毯，更有人攀到了楼梯顶部，准备设法营救孩子。

坏男孩看在眼里，内心深处掩藏多年的怜悯之心顿然觉醒，他上了二层楼，踩到了阳台，伸手托住了孩子的身体，他想设法让孩子爬上上面的阳台。

几乎是不可能的事情，孩子太小了，早哭得一点儿力气也没有。

坏男孩没有放弃，后来索性托住了孩子的身体，这样可以保护孩子的头部。

坏男孩的位置并不理想，一只手托着孩子，另外一只手要扯住阳台上的铁杆子保护自己。坏男孩坚持着，5分钟过去了，他感到力不从心，有心放弃，但孩子已经有了均匀的呼吸声，甚至有了哭泣的声音。

他喜出望外，忽然想起了学校老师讲过的童话故事，他讲了起来，与孩子交谈着。他恨自己不学无术，在班里没有好好学习，故事只能生搬硬套，尽是硬伤，好在孩子听得入了迷，讲到高兴处，他停止了哭泣，静静地谛听着这世上最美的天籁之音。

坏男孩坚守了15分钟时间，消防官兵们锯开了家门，小孩子转危为安。

坏男孩成了英雄，孩子的父亲跪下的心都有了，媒体蜂拥而至，坏男孩想到了过去的不光彩，对着话筒嚷着："我是坏男孩，坏男孩。"然后一溜烟消失在胡同里。

"坏男孩也是天使呀。"这是谁的回答？声音震彻环寰，坏男孩停下身子，泪水模糊了双眼。

自此，坏男孩开始了弃恶从善的生活，他开始认真对待生己养己的父母，开始推心置腹地对待身边每一个人，因为坏男孩也是天使，天使是神、是仙，需要认真修炼方能得道超然。

我们身边的男子，不少人都曾做过坏男孩，都曾经叛逆、嚣张和不可一世过，对待父母，我们可以将他们的爱抛到九霄云外，对待老师与同学，我们猜忌、忘乎所以，有时候甚至用恶语中伤来报复他们。

坏男孩也是天使，随着时间的流逝，所有的恨与悔终将飘向远方，遗留下来的，唯有真与纯、爱与善。

适度热爱

一个满脸是伤的孩子，站在我的面前，他向我哭诉自己的悲惨遭遇，以及上天为何不垂爱自己的理由。

他是学习上的佼佼者，自幼便养成了不服输的性格，遇到不顺心的事情不会排遣忧愤，只会努力拔高自己，哪怕跌得浑身是伤。他是一个只能前进不会歇脚的孩子。

学习上的优良成绩让他与他的家人喜出望外，因此，拓展了他的学习范围，钢琴课、体育课、围棋课接踵而至，他好像成了众人眼中的天才，他也是父母夸夸其谈的唯一筹码。

没坚持几年，他就脑神经衰弱，夜不能寐。但生怕自己后退了，对不起大家的期望。

他伸出自己的胳膊，撸起了袖子，只见胳膊上伤痕累累，他问我："吃苦是加钙的最好方法，我什么苦都吃了，为什么得不到想要的效果？现在，我学习退步了，其他几门热爱的课程也'四不像'。"

我回答他："你热爱生活吗？"

他点头称是，睫毛闪动时，依稀可以看得出他仍是一个少不更事的少年。

"物极必反，一个人的爱是有限的，要留一部分给自我，你现在将全部的热爱都送给了课程，你不能做完世间所有的事情，能够做好一两件就已经不错了。"

我用了一下午时间开导他，他不忍心，就好像自己同时拥有了无数玩具，而有人硬生生地扔掉了许多，他落泪了。

人生每每如此，充满了残酷，你爱某项事物的时候，你也就失去了一些东西。

我想起了自己的少年时光：面对高考，班里患上脑神经衰弱的不计其数，当时，一向随心所欲的我平日里学习成绩不咋样，在高考前夕，我却异军突起。每当我晚上9点左右钻入热被窝的时候，教室里依然灯火通明，那些莘莘学子，不到子夜零点是绝不会罢休的。

现在想来：大脑的吸收也是有一定限度的，已经塞不进任何东西了，为何还纠缠不休？

适度热爱，也是大自然赋予我们的神圣规律。四季更迭，太阳绝不会一直送给你所有的温暖，热多了，你也消受不起，苍生万物也无物容忍。

春天不可能一直存在，夏季不可避免地要翩翩到来，就像一个少年，由不得你不愿意长大，一眨眼间，便走过了金灿灿的少年时光。

满园的花朵，是春的适度热爱，每一朵花都有休息与开放的时间，你不可能占有世上所有的春色满园；

地球的昼夜更替，是太阳适度热爱的结果。如果走近了，便是玉石俱焚；如果太远了，我们的日子岂不是处处冰天雪地？

爱一个人，也要如此，面对孩子，不要将自己所有的爱送给他们，他们小，接收有个范畴，我们的爱也需要营养，不是取之不尽、用之不竭的。

这世上没有随随便便的爱与恨。

点绛唇

　　青春期的女孩子，通常以自卑的形象出现在自己心仪的男孩子面前，她们脆弱的如同万花筒，稍微经过时间的手，瞬间便光怪陆离。

　　她不爱说话，学习成绩也一塌糊涂，在老师的眼里，她宛如一尊中看却不中用的佛像，在自己的天空里等待一场期待已久的经典膜拜。

　　没有人在意她懦弱下的美丽，除了他。

　　男孩子竟然是个化妆爱好者，抽屉里塞满了唇膏，他通常以焚膏继晷的姿势折磨那些可人的化妆品，也将自己的眉修成了银针形，纤细无力却小巧曼妙，一沙一尘埃，三起三落间，蔚然成趣的修长，毫无收敛的浓淡便绽放在她的面前。

　　她这样想，如果有一天，他能够为自己化一次妆，一定会成为自己人生中的传奇。

　　这个机会终于破天荒地来临了。学校组织比赛，他是化妆师，强者自有强者的地位，他为每位上台演讲的学生精心准备着装束，轮到她了，无可无不可，她之所以报名参加，只不过是为了赢得他的眷顾罢了。

　　青春里的孩子，许多行为不受自己的管控，有时候，一个眼神竟然可以改变一个人的一生。

　　他为她精心准备着，脸上化了淡妆，娇艳可爱，他专注于她的唇，将她修饰地宛如人间仙子，不浓不淡，不嗔不怪，不笑则已，一笑倾人的那种。

他的执着惹来了一段冷嘲热讽，他将她当成了艺术品，化的时间最长，引起的效果最好，与她口若悬河的演讲相映成趣。演讲结束后，当着那么多人的面，她竟然疯狂地跑上前，与他热烈地拥抱。

在这样的年纪里，注定这样的故事会被人改写，学校里关于他们的故事疯狂流传，就好像一段故事，被人添枝加叶，添油加醋，一发而不可收。

一记耳光，惊醒了她的美梦，装束纷纷零落，而他的嘴角却溢出了常人难以察觉的冷笑。

她转学了，这是所有的初恋故事的统一版本，家长害怕过早地涉足爱的领域，老师恐惧于学生们对爱的执着，从此以后，学校里连化妆的机会也不给了，他只好给男孩子化妆，给自己化。

毕业那年，竟然重新遇到了她，她已经出落成了一个标准的东方美女，梳着公主头，有轻微的唇彩映现，男孩子面对她，不知道如何形容自己的落寞。

她优雅地感谢他，改变了一个女孩子的半个人生，是他的化妆，让她找到了肯定，激起了她对自己潜力的渴望，自己原来也是最美的，只是平常里将自己无意中装进了麻袋里，不为外人知，不被自己识罢了。

他没有想到，一段化妆的经历，竟然改变了她的志向，而他则苦笑着，她其实不知，他那样做，完全是出于一段苦痛的想法，他一直抽空帮在殡仪馆工作的父亲化妆，他想施展自己的爱好，一时间却找不到适合的对象，他为班里所有的人都化妆，唯独对于她的装束倾尽了所有的谨慎与专注。

一期一会的青春，其实不需要过多的关照与爱慕，就像古代女子的唇彩，在笑不露齿的年华里，好歹遇上了，好歹忘了吧，记得不记得，都是你我青春的疼痛与挣扎。